kirjojen keskeltä

Keijo Siekkinen, kirjojen keskeltä

Antti Kajannes (toim.)

Osuuskunta Jyväs-Ainola

isbn 978-952-5353-54-9

taitto Reijo Valta

lulu..com
2013

Lukijalle

Tämän kokoelman artikkelit käsittelevät eri näkökulmista Keijo Siekkisen kaunokirjallisia teoksia. Hän on kirjailijana monipuolinen ja ansioitunut uudistaja, joka on samalla kiistelty ja hämmentäväkin.

Ratkaisevan sysäyksen julkaisun kokoamiselle antoi parivuotias Keijo Siekkinen -seura, jonka piirissä kirja koottiin.

Avarakatseista kustantajaa saamme kiittää siitä, että kirja valmistui joutuisasti. Kiitos kirjoittajille, Keijo Siekkiselle ja kaikille muille kirjatyössä auttaneille.

Toivottavasti yhteisjulkaisun tekstit avaavat tuoreita näkökulmia Siekkisen tuotantoon.

Jyväskylän Sulkakynässä Kalevalan päivänä 2013

Antti Kajannes

Keijo Siekkinen

Keijo Siekkinen (s. 16.8.1948) on keskisuomalainen nykykirjailija. Hän on yhteiskuntakriittinen prosaisti, joka on kirjoittanut myös draamaa ja esseitä. Siekkinen on lisäksi monipuolinen vaikuttaja kulttuurin ja yhteiskunnan kentässä.

Kertojana Siekkinen on uudistaja. Hänen lähtökohtansa on yhteiskunnallisessa realismissa, mutta hän etääntyy siitä. Hänen proosassaan on myös kokeellisia rakenneratkaisuja, ja se lähestyy joskus postmodernismia. Proosassaan Siekkinen etsii joka teoksessaan uusia teitä, ja hän on omailmeinen kirjailija.

Siekkinen kuvaa sosiaalisia epäkohtia. Jyrkkä muutoksen ja oikeudenmukaisuuden vaatimus on hänestä utopistinen, mutta hän kuvaa satiirisesti muutoksen vastustajia. Virallinen totuus historiasta ja nyky-yhteiskunnasta joutuu Siekkisen kirjoissa naurunalaiseksi. Kertojana Siekkinen rinnastuu Hannu Salamaan.

Valta ja vallanpitäjät kiinnostavat Siekkistä. Media, viihde, johtaminen, poliittinen päätöksenteko, koulutus ja byrokratia puristavat hänen tuotannossaan ihmiset nurkkaan – kohteiksi, alamaisiksi.

Taiteen ja todellisuuden suhde on pohdinnan alla Siekkisen tuotannossa. Sakea arki ja keskisuomalaiset ympäristöt tunkeutuvat hänellä fiktioon. Ne pääsevät sinne myös henkilöiden puheen ja heidän sanontojensa kautta, ja toinen väylä niille ovat keskisuomalaiset paikat nimineen.

Suomalainen ei Siekkisen kirjoissa vaikene, vaan juttelee ja tarinoi. Puheet salaavat ja muuntelevat asioita, – maailmaa ohjataan sanoilla ja mielikuvilla. Siekkisen proosa pohtii, kuka tai mikä on äänessä, kun ihmiset jutustelevat, ja kenen ääni kuuluu yhteiskunnassa.

Yhteiskunta- ja ihmiskuvaus on Siekkisellä parodista; esitys keskustelee veijariromaanin ja postmodernistien kanssa. Kun kirjailija kuvaa Jyväskylää ja Vaajakoskea, fantasia, huumori ja irrottelu tekevät niistä moniulotteisen sanallisen tilan.

Esikoisromaanissa *Naisen mies* huumori höystää työ- ja perhe-elämän kuvausta. *Betoniraudoittaja Eino Helminen* kysyy, toteutuuko työväenaate, ja *Raskaat miehet* kertoo valimon työläisistä. *Reinon veljenpoika* ironisoi työläiskirjallisuuden kuvioita, ja *Kuusitoistamiehisessä pyramidissa* Vaajakosken kehitys ottaa mittaa siitä, millaiseksi asukkaat olisivat tahtoneet seudun kehittyvän.

Äidin hauta haikailee mennyttä mutta vaatii siihen lopulta pesäeroa. *Kuinka Tiikerivuori valloitetaan* ja *Kettuluolat* kuvaavat ihmissuhdesotkuja. Niiden tavoin *Papin poika ja pappi* sisältää hulvatonta menoa, tällä kertaa armottoman kirkkoherran ympärillä.

Romaani *Jäähyväiset rakkaudelle* on aineksiltaan kirjava. Rupattelu ja vapaa assosiaatio sujuttelevat asioita eteenpäin kertojan jättäytyessä taka-alalle. Kudelmassa on tragediaa, balladia ja ajatustenvaihtoa kirjailijoiden kanssa. Monet henkilöt ovat saaneet nimensä ja piirteensä Joel Lehtosen tuotannosta, eivätkä Juhani Aho, Ilmari Kianto, Boris Pasternak, Mihail Bulgakov ja Ernest Hemingway ole kaukana teoksesta. Romaanissa saavat äänen myös työttömät ja hiljaisiksi suotta väitetyt keskisuomalaiset.

Keijo Siekkinen on valtakunnallisesti merkittävä nykykirjailija. Häntä arvostetaan romaanimuodon uudistajana ja omaperäisenä, kantaa ottavana yhteiskunnallisena prosaistina.

Kirjoittanut Katriina Kajannes

Teokset

Naisen mies. Jyväskylä: Gummerus, 1973.

Betoniraudoittaja Eino Helminen. Jyväskylä: Gummerus, 1974.

Raskaat miehet. Jyväskylä: Gummerus, 1976.

Reinon veljenpoika. Jyväskylä: Gummerus, 1978.

Kuusitoistamiehinen pyramidi. Jyväskylä: Gummerus, 1981.

Äidin hauta. Jyväskylä, Helsinki: Gummerus, 1985.

Kuinka Tiikerivuori valloitetaan. Jyväskylä, Helsinki: Gummerus, 1988.

Kettuluolat. Jyväskylä, Helsinki: Gummerus, 1993.

Papin poika ja pappi. Jyväskylä, Helsinki: Gummerus, 1997.

Jäähyväiset rakkaudelle. Nuoren Johanneksen tilinpäätös. Helsinki: Gummerus, 2008.

Näytelmät

Matka Sinne. Jyväskylän Kesän palkintonäytelmä, 1971.

Raudanvalajat. Jyväskylän Kaupunginteatteri, 1975.

Vapaudenkatu 36. Jyväskylän Kaupunginteatteri, 1987. (Tekijät Keijo Siekkinen, Risto Nykänen).

Torikuningas. Jyväskylän Kaupunginteatteri, 1993.

I

BETONIRAUDOITTAJAN TARINA

Kalevi Kivistö

Olen seurannut erityisen kiinnostuneena Keijo Siekkisen kirjallista taivalta viimeistään siitä lähtien, kun *Betoniraudoittaja Eino Helminen* ilmestyi (1974). Kirjallisten ansioiden ohella ja vielä niitäkin tärkeämpää on ollut se mielen maiseman läheisyys, jonka olen hänen kirjoissaan ja aivan erityisesti edellä mainitussa teoksessa kokenut.

Minunkin isäni oli rakentaja, kirvesmies, ja hän toimi työelämänsä loppuvaiheen betonialalla. Myös kirjan päähenkilön Vanhan mietteet yhteiskunnasta, maailmasta ja elämästä yleensä tuntuivat hyvin tutuilta. Siksi kirjaan on ollut helppo "asettua taloksi".

Uudelleen luettuna neljän vuosikymmenen jälkeen kirja on saanut uutta arvoa. Kun tuosta aikakaudesta väännetään jos jonkinlaista kauhukuvaa, on hienoa saada lukea rauhallisesti kuvattua ajankuvaa, jossa huokuu lämpö kuvattaviaan kohtaan. Kaunokirjallisten ansioiden ohella tämä niin kuin monet muutkin Siekkisen teokset ovat elävästi kuvattua mentaalihistoriaa. Tämä teos kertoo 1970-luvun alkupuolen vuosista tavalla, joka palauttaa tuon ajan eläneen mieleen monia muistoja.

Vanhan työura alkoi olla lopuillaan, mutta vielä jonkun urakan ehtisi tehdä. Toisaalta eläkkeen lähestyessä saattaisi antaa mahdollisuuksia nuoremmille. Rauhallisesti asiat järjestellään kummallekin parhain päin. Teoksen loppupuolella saapuu sitten eläkkeelle siirtyminen, ammattiliiton tervehdys ja ystävien muistamiset.

Perheen sisäinen dynamiikka on mielenkiintoisesti piirretty ajan kuva. Ristiriitojakin sukupolvien välillä on ja ne askarruttavat päähenkilöä. Kaikkea ei oikein tahdo ymmärtää. Opettajapojan koulutuspoliittiset pohdiskelut tuovat esille kriittisen ajattelun tarpeellisuuden niin koulun kehittämisessä kuin laajemminkin. Perustellusti koulua ja kasvatuskäytäntöjä arvostelevat ovat kriittisiä, mutta "niiden kielteisyys on selvä asia ja niin hölmöltä kuin se monesta saattaa tuntuakin, niin nämä aktiivisimmat ovat kaikkein rakentavimpia. Ne ovat terveitä." Sukupolvien dialogissa ymmärrettiin se, minkä sosiologit olivat tutkimuksillaan osoittaneet: kritiikin ja rakentavan aktiivisuuden yhteenkuuluvuuden.

Ajassa ryhdyttiin myös uudella tavalla keskustelemaan sukupuolien välisestä tasa-arvosta. Sitä Vanhakin pohtii katsoessaan puolisonsa tekemistä. "Hän joutuu näin maanantaina käymään kaksi kertaa siivoamassa, päivällä ja sitten vielä iltasella. [- -] Me emme aina ajattele sitä kuinka koville naiset joutuvat ja vaikka ajattelisimmekin, niin emme kehtaa tunnustaa, että monta kertaa nämä naiset juuri joutuvat tekemään raskaimman työn ja pitkät päivät." Aikaan kuuluvan teoretisoivan keskustelun – olihan mm. Yhdistys 9 juuri aloittanut toimintansa - rinnalla Vanhan maanläheiset mietteet kertovat siitä, miten aidolla empatialla ja käytännön elämän havainnoilla hän varmaan monen muun sukupolvensa miehen lailla sukupuolten välisen tasa-arvon itselleen hiljaa mielessään perusteli.

Erityisen kiinnostavia ovat Vanhan pohdiskelut politiikasta. Mietiskely heijastaa varmasti hyvin aidolla tavalla vasemmistolaiseen työväenliikkeeseen ikänsä osallistuneen Vanhan sukupolven tuntoja. Keskustelut aikuistuneiden lasten kanssa toivat omaan Jaakobin painiin vielä lisää vaikeutta. Ystävien omakohtaiset kokemukset Neuvostoliitosta olivat vaikeita käsittää ja hyväksyä. Sohvin kertoessa realistisesti ja kaunistelematta opiskeluaikaisia kokemuksiaan Moskovan koulusta, alkaa Vanhalla keittää yli: "Mitäs sinä nyt meinaat tuolla valehtelemisella? Pitäskös, pitäskös kuule meijän ruveta morkkaamaan Venäjän oloja, meijän. Eikös niitä jo ole niitäkin ihan riittämiin, jotka ei muuta teekään [- -]. Meijänkö niitä aiheita pitäs niille vielä ruveta antamaan?" Järkytys, joka seurasi omakohtaisten havaintojen lisääntymistä Neuvostoliiton oloista, oli Vanhan sukupolvella syvä. Osan se sai tuolloin ummistamaan silmänsä ja takertumaan vanhoihin uskomuksiinsa entistä tiukemmin. Osan se kypsytti ajattelemaan itsenäisesti ja kriittisesti sosialismin ihanteiden toteuttamista – tässäkin asiassa ne "aktiivisimmat olivat kaikkein rakentavimpia". Mutta prosessi oli kivulias ja sitä Siekkinen hienosti kuvaa.

Koin aikanaan teoksen kuvaukset Vanhan pohdiskeluista käytännön politiikan tekemisessä hyvin läheisiksi. Yliopistolla elettiin vasemmistolaisuuden nousun aikaa ja kontaktit Vanhan järjestöihinkin lisääntyivät. Saivatpa kontaktit joskus huvittaviakin piirteitä opiskelijapoikien perustaessa läheiselle työväentalolle opintokerhon, jossa nuoret "akateemikot" opettivat ikänsä ammattiyhdistysliikkeessä toimineille sitä, miten pitää toimia ammattiyhdistysliikkeessä. Vanhan pohdiskeluissa näyttää siltä, että monet uusista tuttavuuksista näyttävät pitävän politiikkaa jonkinlaisena "ajatuspelinä". Jotkut alkavat unohtaa, että "tämä toiminta ei sentään ole se pääasia, [- -] toiminnalla pitää saavuttaa jotakin, jonka olemme nähneet välttämättömäksi". Ja seuraavaa katkelmaa Vanhan ajatuksista lainasin monessa puheessani hänen pohtiessaan politiikan teon tarkoitusta. "Puolueessa on joitakin sellaisia, jotka eivät tunnu olevan hyvillään siitä että mennään pikkuhiljaa eteenpäin. [- -] Minä en tuommoista ymmärrä. [- -] Minun käytännön käsitys on, että pienistä parannuksista sitä on lähdettävä ja oloja parannettava, ja kun aika tulee korjata asiat kunnolla niin ne korjataan." Nämä pienet asiat "joillekin tuntuvat olevan turhan mitättömiä. Minulle ne eivät ole." Eivät mietteet ole kadottaneet ajankohtaisuuttaan tänäänkään.

Betoniraudoittaja Eino Helmisen hahmo on hieno kuvaus suomalaisen työmiehen elämästä ja mielen maisemasta. Elämänvaiheet käydään teoksessa Vanhan muisteluina hienosti, dokumentein ryyditettyinä läpi. Siekkinen eläytyy vahvasti edellisen sukupolven kokemuksiin vaikka ne olosuhteet, joissa Vanha on elämänsä eri vaiheissa toiminut, poikkeavat hyvin paljon kirjailijan omista kokemuksista.

Työura on päättymässä, lapset ovat perustaneet perheen ja itsenäistyneet niin käytännön elämässä kuin ajattelussaankin. Elämä on taitekohdassa. Jatkuvuutta elämään tuo yhteiskunnallinen toiminta ja pohdiskelu, johon ajan ilmiöt, oman perheen jäsenet ja ystävät antavat monipuolisesti virikkeitä ja ärsykkeitäkin. Vaikka työelämä jää taakse, aktiivinen, henkisesti vireä elämä jatkuu.

Koin Betoniraudoittajan jo ilmestyessään hyvin läheiseksi kirjaksi. Ilmestymisestä kuluneet lähes neljä vuosikymmentä ovat tehneet kirjan vieläkin läheisemmäksi. Hieno teos.

Kirjoittaja on Keijo Siekkisen ystävä.

Lähde

Keijo Siekkinen: *Betoniraudoittaja Eino Helminen*. Jyväskylä: K. J. Gummerus 1974.

Hyvän maailman etsijä

Marja-Riitta Vainikkala

Keijo Siekkisen neljäs teos, romaani *Reinon veljenpoika* (1978) merkitsi muutosta hänen kirjallisessa esitystavassaan.

Esikoisromaani *Naisen mies* (1973) ja kaksi seuraavaa romaania luokiteltiin työläiskirjallisuuden perinteen jatkajiksi. *Reinon veljenpojassa* Siekkinen alkoi Pekka Tarkan mukaan "pelata kerronnalla ja tarinoida hirtehisesti: hän näytti työväenkulttuurin rappion samoin kuin uuden ajan ja sen ammattien epämääräisen turhuuden". Romaanin nähtiin rikkovan suomalaisen työläisrealismin asetelmaa "kitkeränä muunnelmana työläiskirjallisuuden suosimasta aiheesta: kirjoittamisesta harrastunut nuori mies hylkää luokkansa".

Romaania on luonnehdittu perinteisen työläisromaanin ironiseksi versioksi, aikalaissatiiriksi ja veijaritarinaksi. Satiiri ja ironia ovat sen tyylilajeja, mutta veijariromaanin lajiin sitä on vaikea sovittaa. Nimihenkilö Reinon veljenpoika eli Nukke on pikareskimaiseen tapaan huijari, mutta toisin kuin veijarihahmot yleensä hän on myös pahantekijä ja rikollinen.

Satiiria pidetään maailmanparannuslajina, joka kohteensa heikkouksia ivaillessaan vetoaa hyveellisyyden ja järkiperäisen käyttäytymisen puolesta. *Reinon veljenpojan* päähenkilö Armas Ketola on etsijä. Nuoresta pitäen hän on tavoitellut "hyvää maailmaa", siitä on kyse koko romaanin tapahtumaketjussa. Siltä kannalta teos on myös kehitysromaani.

Etsijälle on romaanin maailmassa tarjolla sekä lapsuustaustasta nousevia "hyväksyttyjä" että siitä poikkeavia elämänmalleja.

Armas on entinen rakennustyöläinen ja tamperelaisen tehtaan porttivahti. Hänellä on vankka työläistausta ja kansandemokraattisessa liikkeessä vahvistunut proletaarinen mieli.

Hän on myös kaksi kokoelmaa julkaissut runoilija, joka nyt leipätyökseen sorvaa värssyjä saunatarvikkeisiin jyväskyläläisen Reino Kuittisen matkamuistotehtaassa.

Armas ei tunnu tietävän, mihin hän elämässä suuntaisi. Perinteisen kommunistin mallia romaanissa edustavat Armaksen isä ja Armaksen kaveri Peltiseppä. Vaimo Sinikka taas on eronnut sosiaalidemokraattisesta puolueesta ja kokee siten olevansa vapaa. Koululaisena Armas vaikuttui kesätyökaverin uskonnollisesta vakaumuksesta, mutta erityisesti häntä kiehtoo lapsuudenystävän Nuken holtiton elämä. Reino Kuittisen tarjoama porvarillinen elämänmalli on myös yksi vaihtoehdoista.

Romaanin satiirinen luonne on vahvimmillaan 1970-luvun jakautuneen vasemmiston kuvauksessa. Tarinan teemaan vihjaa heti alussa Armaksen muistiin merkitsemä lause "Minä teen valheen, että totuus näkyisi".

Proletaari

Romaanin aika kattaa vuodet 1956–1977, joista viimeksi mainittu on kerronnan nykyhetki. Vuonna 1948 syntynyt Armas on sitä sukupolvea, joka eli nuoruuden sodasta toipumisen, YYA-sopimuksen, Kekkosen, 60-luvun radikalismin ja 70-luvun vasemmistoaktiivisuuden Suomessa. Aikatasot vuorottelevat siten, että takaumilla on hiukan suurempi osuus kuin nykyhetkellä, jossa tapahtuvia valintoja takaumat valmistelevat.

Tehdastyöläisen elämä ja ammattiyhdistystoiminta olivat runoilijantyön ohella tuntuneet riittävän, mutta Armas huomaakin haaveksivansa kaulustöistä. Hän ottaa vastaan matkamuistotehtailija Kuittisen tarjouksen: ”Sinä olet runoilija ja sinulla on päässä hulluja juttuja. Anna ne minulle, niin minä annan sinulle mammonaa.”

Elämä on hyvällä tolalla. Armaksella on kaksi tytärtä ja jämäkkä vaimo Sinikka, joka tarpeen tullen selventää elämän pelisäännöt. ”Sinikka on jumala, se päästää ja palkitsee”, Armas sanoo.

Ensimmäinen sankarihahmo Armaksen elämässä oli isä-Ketola, ”helvetin hyvä muurari ja kova kommunisti”. Isä kuuluu työläisaristokratiaan, ajelee toisinaan pitkillä mustilla autoilla ja hoilottaa työväenlauluja ”ravatti-ihmisten” kanssa. Myöhemmin ilmenee, että isälläkin on puutteensa.

Armas on kansandemokraattisen liikkeen jäsen, mutta jättäytynyt kommunistipuolueen ulkopuolelle. Sosiaalidemokraattisen puolueen jäsenkirjasta luopunut Sinikka kritisoi miehensä vasemmistolaisuutta.

”Sinun ihanteesi lyö niin paljon ristiin toden kanssa, että sinusta tulee kyyninen. Kyyninen sosialisti, se on Armas kulta yleistä”, Sinikka sanoo.

Armaksen vanha kaveri, enemmistökommunisti Peltiseppä lähtee vuonna 1970 Moskovan vallankumouskouluun. Lähtö on innokas, mutta pian into hiipuu. Kolmen vuoden kuluttua Peltiseppä palaa pettyneenä kotimaahan yritettyään sitä ennen itsemurhaa Moskovassa: ”Saatana, sinne ei pitäisi lähettää kirkasotsaisia kommunisteja ollenkaan, tai ainakaan kirkasotsaisia”, hän sanoo Armakselle.

Armas pitää Peltiseppää rehtinä esikuvana elämänjärjestyksen etsinnässä. ”Peltiseppäkin oli oppinut rakastamaan niin että oli henki mennä. Minusta itsestäni tuntuu joskus, etten osaa rakastaa ihmisiä, vaan jotakin järjestelmää ainoastaan, maata joka on puoli maailmaa. Se on pelottavaa.”

Sinikan mielestä Peltisepän ja Armaksen proletaariseen ihanteellisuuteen sisältyy hyvin toimeentulevien työläisten kateutta opiskelijoita kohtaan, nämä kun joutuvat pihistelemään koko opiskeluaikansa ja valmistumisen jälkeen saavat velat niskaansa. ”Mukatyöläisillä” on Sinikan mielestä ruhtinaalliset olot, ja monet heistä ovat ”oikeita pikkuporvareita jotka raakkuvat proletaarisuuttaan ja ovat kateita ihmisille, jotka yrittävät hankkia tietoja”.

Sinikka on opiskellut sosionomiksi ja mennyt sen jälkeen mieluummin työläiseksi Vaajakosken margariinitehtaalle kuin jäänyt kiitollisuudenvelkaan jäsenkirjalla hankitusta valkokaulustyöstä.

> Tulee maailma minkälainen tahansa, minä teen margariinia margariinitehtaassa. Tai jotakin muuta. Mutta se ei ole kyynisyyttä. Jos liittyisin takaisin demareihin, niin saisin kunnon homman tai valtiolta jonkun hommaan, tai etenisin aayyssä. Haukkuisin kommunisteja. Tai voisin liittyä kommunisteihin ja se olisi sama juttu, haukkuisin demareita. Tai liittyisin kokoomukseen tai kepuun. Se olisi kyynisyyttä.

Runoilija

Armas haluaa olla runoilija, mutta silti hän vähättelee runoilijanrooliaan.

> En ollut lainkaan varma, mitä runoni todella olivat mutta kuuluin Pirkkalaiskirjailijoihin ja olin jättänyt anomuksen Kirjailijaliittoon. Yhdistyksen kokouksissa sain nähdä monenlaista taiteellista väkeä ja joskus harvoin Väinö Linnan tai Kalle Päätalon, joka istui hiljaisena ja ujona jossakin nurkkapöydässä vaimonsa kanssa ja joi varovasti samppanjaa. Oli mahdotonta tuntea olevansa tasavertainen heidän kanssaan mutta olin sentään samassa huoneessa ja joukossa oli riittävästi turhautuneita kir-

jantekijöitä, joiden kanssa saatoin juoda pään täyteen ja kuunnella, kun he jäkättivät Salamasta.

Viittaus Salamaan tarkoittanee hänen vuonna 1972 ilmestynyttä romaaniaan *Siinä näkijä, missä tekijä*, joka herätti vasemmistolaispiireissä kiivaan keskustelun ja joka ei joidenkin mielestä ollut kyllin luokkakantainen.

Armaksen mielestä hänen esikoiskokoelmansa ei ole kuin pieni vihkonen "eikä se kummoisia runoja sisällään pitänyt eikä tehnyt minusta erityisen viisasta". Hän arastelee työkaverien naureskelua asiallisena pidetyn ammattiyhdistysaktiivin runoilulle. "Ensimmäisen runovihkoni nimi, Pimeydessä välähtävät varjot, tuntui itsestänikin jotenkin huvittavalta eikä sillä ollut taatusti kosketusta todellisuuteen, ainakaan siihen missä itse elin."

Runoilijanura kutistuu matkamuistorunojen rustaamiseen. yhteys kirjoittamiseen ja kulttuurielämään kuitenkin säilyy siten, että Armasta pyydetään kirjoittamaan kansandemokraattien piirijärjestön lehteen ja häntä esitetään taidetoimikunnan jäseneksi "runoilija kun olet". Kulttuuririentojen ja kirjallisen elämän kuvaus on yksi ironinen säie, jota ei kuitenkaan kehitellä tämän pidemmälle.

Osallistuminen kuntavaaleihin sitoo Armaksen uudelleen poliittiseen toimintaan, ja "vuoden [1977] alusta olen pureutunut kuin satiainen diakonissan karvoihin kunnialliseen elämään piirtelemällä orvokin kuvia koululautakunnan esityslistaan".

Identiteetti

Työväenliikkeen ja kapitalismin suhde Armakselle on selvä, vaikka hän myykin työvoimansa turhuuden markkinoille. Vasemmiston jakaantuminen on hankalampaa: sosiaalidemokraattien ja kommunistien välit, enemmistö- ja vähemmistökommunistien suhde ja lisäksi kommunistiseen puolueeseen kuulumattomien kansandemokraattien asema tässä kentässä.

Elämä 1970-luvun jakaantuneessa vasemmistossa vaatii värisilmää, sillä omien joukoissa on pysyteltävä:

> Tulee vappu ja kymmenentuhatta ihmistä ahtautuu torille. Yhteinen työväen juhla, punaisia lippuja ja vappupalloja ja minulla niin kuin monella muulla edellisen illan juomisesta hatara olo. Ennen kansainvälistä kusiaispesässä kuhisee. Sinipuseroinen tyttö myy Toveria: älä osta! Punapuseroinen tyttö myy Terää: älä osta! Sosiaalidemokraatti: älä osta, hymyile yhteistyöterveisiä ja toivota klaara vaappen. Pieni lettipäinen vihreäpuseroinen tyttö ojentamassa Pioneeritoveria: hetkinen! Pusero keinokuitua, vaaleankellertävänvihreä, vähemmistön lapsikatrasta. Pieni tyttö ja tummanvihreä puuvillainen pusero: enemmistön lapsikatrasta. Piru heidät tietää, olkaa tarkkana kaikki!

Työväenliikkeen jumittuneet rintamalinjat ilmenevät myös takaumassa, jossa tehtaan pääluottamusmies kieltäytyy antamasta porttivahti Armaksen pyytämää uuden vuoden lehtitervehdystä. Erimielisyys näyttäytyy kansandemokraattien ja enemmistökommunistien *Kansan Uutisten*, vähemmistökommunistien *Hämeen Yhteistyön* ja sosiaalidemokraattien *Kansan Lehden* tiukkana osajakona:

> ”Ei tipu, älä luule ollenkaan.” ”Miksei. Minäkin pistin Hämeen Yhteistyöhön. Pistä sinä nyt Kansan Uutisiin.” ”Meillä on ideologisia erimielisyyksiä, sinä tiedät sen.” ”Mitä ideologisia. En varmaan tiedä. Pistä nyt tervehdys. Olethan sinä laittanut Kansan Lehteenkin joskus.” ”Lue edustajakokouksen päätökset, saatanan työläiskyttääjä.” ”Minä valvon sinun etujasi, ettei vaan vieraan tehtaan proletaari tuo autoansa sinun autosi paikalle. Minulla on oikein pamppu täällä laatikossa, jolla puolustan uljaasti

toveri pääluottamusmiehen autopaikkaa', sanoin kun en muuta keksinyt ja silloin meinattiin joutua painimaan ylimääräisen edustajakokouksen tulkinnoista, vaikka ne eivät minua niin koskeneetkaan, koska olen vain SKDL:n jäsen.

Nukke

Reino Kuittisen firmassa Armas törmää uudelleen lapsuudenystäväänsä Nukkeen, joka tarinassa on Armaksen varjominä ja temaattinen vastaääni.

Yhteistä heille lapsuuden lisäksi on oman lahjakkuuden tuhlaaminen. Älykäs Nukke käyttää lahjakkuuttaan petoksiin ja päätyy alkoholisoituneeksi pikkurikolliseksi, kun taas Armas tuhlaa runoilijankykynsä riimien nikkarointiin.

Nukke oli ollut mallilapsi, jolta vanhemmat odottivat suuria kunnes poika aloittaa huijarinuransa omenavarkaudella. Lahjakas poika petkuttaa ja käyttää toisia hyväksi, keskeyttää koulun, ryhtyy viinatrokariksi ja joutuu vankilaan. Syytä voi etsiä vanhempien rakkaudettomuudestakin, mutta satiirille tunnusomaisesti romaani ei vie kerrontaa psykologiseen suuntaan.

Armaksen suhde Nukkeen on kaksijakoinen: hän tuntee vetoa ja vastenmielisyyttä tämän piittaamatonta elämäntapaa kohtaan.

"Haluaisin elää niin kuin Nukke ja samalla kertaa en haluaisi", Armas sanoo.

Myös Armas on eräänlainen nukke, joka ajelehtii ulkopuolisten voimien vietävänä osaamatta tehdä valintoja.

Etsintä

Armas etsii hyvää maailmaa kadoksissa itseltään. Kouluaikojen kesätyökaverina olevan opiskelijapojan uskovaisuus vetää häntä puoleensa, koska pojan levollisuus näyttää houkuttelevalta.

Itse en hallitse ajatuksiani, vaan ajatukset hallitsevat minua. En pysty järjestelemään asioita omiin lokeroihinsa, joita tarkastelisin tyynesti ja rauhallisesti älykkään ja syvällisen näköisenä, vaan kaikki tulee päälle yhtenä möykkynä.

Armas muistaa opiskelijapojan vilpittömän suoruuden vielä kymmenen vuotta myöhemmin Kuittisen firmassa, ja muistaa myös sen, kuinka sinä kesänä päätti ettei jatka keskikoulusta lukioon. Hän ei halunnut pikkuherraksi, vaan tahtoi olla "köyhä, kurja ja kusetettu". Sen päätöksen hän kuitenkin peruu suostuessaan matkamuistofirman runoilijaksi.

Kuittisen firman työkaveri Risto tekee vaikutuksen rehellisyydellä ja vaatimattomuudella. Vapaa-ajallaan tauluja maalaava Risto ei ole kiinnostunut kiipimään kohti isompaa palkkaa. "Minä en tarvitse. Minä tykkään olla näinkin", Risto sanoo.

Asiat ja ihmiset eivät sittenkään ole yksinkertaisen "hyviä" ja "pahoja". Rihkamakaupalla rikastunut johtaja Kuittinen on aloittanut putkimiehenä ja kertoo sodan aikana piileskelleensä samoilla pohjoisen soilla kuin kansandemokraattien piirisihteeri – tämä aatteen vuoksi ja Kuittinen siksi, ettei sotiminen kiinnostanut. Kansan kapinahalusta Kuittinen ja Armas ovat yhtä mieltä: "Työmiestä ei säikytä mikään muu kuin että siltä viedään kelsiturkki ja auto ja sormet jää panssarivaunun telaketjun alle."

Valinta

Kohtuupalkkainen matkamuistorunoilijan työ alkaa tuntua mukavalta. Alussa omatunto oli soimannut varsinkin firman klubi-illoissa, ja mieluummin Armas olisi ollut ”tuttujen juoppojen kanssa ravintola pitkäheinässä jossakin työmaaparakin takana tai Polsussa silloin kun siellä vielä oli kirkkaat valot ja valkoiset pöytäliinat tai Punkkerissa Voionmaankadulla, missä on tutut kaverit Rautpohjasta ja rakennuksilta ja palokunnasta ja missä on selvä järjestys elämässä”.

Ennen pitkää kaikki tuntuu valuvan käsistä. Kapakkaillat alkavat kiinnostaa ja mielessään Armas kapinoi isän kommunistiperintöä vastaan. Hän ei pysty muodostamaan samalla tavoin jyrkkäjakoista maailmankuvaa, vaan etsii asioiden järjestystä toisella tavoin.

Eri aikatasoja risteyttämällä romaani pohjustaa valintoja, jotka sijoittuvat romaanin lopulle, sen nykyhetkeen. Humalainen Nukke jää auton alle ja kuolee, Sinikka saa tarpeekseen miehensä tempoilusta ja muuttaa lasten kanssa appivanhempien luo asumaan. Armas päättää, että kaksi vuotta rihkamarunoilua saa riittää ja irtisanoutuu Kuittisen firmasta.

Armas ottaa miettimistauon ja heittäytyy pikkuherran työstä tilapäähommaan sirkkelisahuriksi. Edessä on eräänlainen revisio, maailmankatsomuksen tarkistus, sillä tulevaisuudessa Armas sanoo ryhtyvänsä nimeämään esineitä uudelleen. Kirjoittamissuunnitelmat hän kieltää, mutta aikoo jatkaa etsimällä ”sitä hyvää mitä liittyy hyvään maailmaan, jos siitä on enää mitään jäljellä”. Tiukempikin vastaus hänellä on: ”Jos alan vaatia yhteiskunnalta toimenpiteitä. Määrätietoisesti ja tiukasti.” Poliittisen toiminnan jättäminen ei näytä kuuluvan suunnitelmiin.

Romaani päättyy hyvyydestä ja luottamuksesta kertovaan runoon, joka kuitenkaan ei ole vailla ironiaa:

Luotan rehellisiin ihmisiin;
luotan myös valehtelijoihin.
Se on oivallista luottavaisuutta.

Hyvään maailmaan ei kuulu pitäytyminen mustavalkoiseen.

Näyttää, että elämän ääriviivat ovat sentään kirkastuneet eikä kaikki enää tule päälle "yhtenä möykkynä". Jotain on asettunut paikoilleen.

Marja-Riitta Vainikkala on oululainen kirjallisuuskriitikko, tietokirjailija, luovan kirjoittamisen opettaja ja kirjallisuusterapiaohjaaja. Hän on valmistunut filosofian maisteriksi Jyväskylän yliopistosta pääaineena yleinen kirjallisuustiede ja opiskellut teologiaa Itä-Suomen yliopistossa. Hän on kirjoittanut ja suomentanut luovan kirjoittamisen oppaita ja tehnyt toimitustöitä.

Lähteet

Katriina Kajannes ja Helena Saaristo (toim.): *Keskisuomalaisia nykykirjailijoita.* Helsinki: BTJ Kirjastopalvelu 2004.

Päivi Lappalainen (toim.): *Uudessa valossa.* Turku: Turun yliopisto 1998.

"Keijo Siekkinen." *Kirjasampo.fi – kirjallisuuden kotisivu* http://www.kirjasampo.fi/fi/kulsa/kauno%253Aperson_1231759077276-93.

Pekka Tarkka: *Suomalaisia nykykirjailijoita.* Helsinki: Tammi 1989.

Marja-Riitta Vainikkala: "Totista pilaa". Arvostelu romaanista *Reinon veljenpoika. Keskisuomalainen* 29.4.1978.

Sen sanan nimi on semmoinen

Teppo Kulmala

Kun tapasin Siekkisen Keijon ensimmäisen kerran, oli se 1970-luvulla Tampereen Messukylässä lähellä komeaa punatiilikirkkoa, jossa on ne isot kaari-ikkunat ja jonka lähellä sijaitsee Tampereen vanhin rakennus, keskiaikainen harmaakivikirkko, jota kutsutaan suojeluspyhimys Mikaelin mukaan Mikoksi. Kalevi Kalevinpoika, josta kerrotaan romaanissa *Äidin hauta* (1985), asui perheineen samassa melko nykyaikaisessa ja sellaisenaan tavanomaisessa kerrostalossa kuin Siekkiset.

Kalevi oli ennakkoon kertonut minulle, että on melkoinen toveri se Keijo. Kirjailijalupaus siellä majailee, erinomainen sanansoutaja niin kuin keskisuomalaiset sanaa soutavat ja jos vääntävät, eivät ainakaan liikoja huopaile, eivät riuhdo poikki, eivät mutkista luokille, vaan yleensä ovat aika selkeitä sisävesikalastajia nämä Keski-Suomen veikot ja tyttäret.

Sellainen on myös Tapperin Harri, vaikka niin verrattoman persoonallismielinen ja omiaan taikova sananloihtija onkin. Hänet pitää tässä erityisesti nerona mainita. Keijon ja Harrin kielellinen sukulaisuus selittynee sekin heidän rehtilaatuisen hyväntakeisesta tyylillisestä veljeydestään, kumpaisenkin omastaan sekä myös sangen keskisuomalaisena tunnistettavastaan.

Siis puolestaan mestariksi *Äidin haudassa* sittemmin tituleerattu Kalevinpoika – tai tuossa romaanissa esiintyneen henkilön esikuva – meidät esitteli. Minä ajattelin heti Keijon tavatessa, että tämä on konkreettinen mies tämä Siekkinen. Vakaa on hänellä henkinen ryhti ja pilkahtavasti kurillinen mutta suora on sisäinen katsanto. Ei sano semmoista mikä käy turhaksi sanoa, vaikka runsaasti puhuu, ja on vääräleuka, mutta leukansa ei ole kiero, eikä (myöhemmin hänelle niin ominainen) parta peitä puheen partta ja sen poliittisesti silloin omaa nuorta asennettani vastaten vasemmalle kallistuvaa katsantoa.

Parraton mies Messukylästä, muistin äkkiä tammikuun lopulla 2013, kun viimeksi näin hänen naamavärkkinsä ja tuon kovin pitkästä aikaa sileäksi ajellun leuan. Siinä seisoi leppoisan miettiväisellä tavalla tutun humoristisen oloinen kirjailija. Pitää muuttua, mutta hirveän jyrkkä muutos ei ole kannatettava.

Eikä ollut ensi kerta, kun kohtasimme nimenomaan Jyväskylän kaupunginteatterin edustalla. Siinä hän taas myhäilee, Vaajakosken-Keijo, Messukylän-Keijo, Vakiopaineen-Keijo, Seminaarinmäen-Keijo, Taulumäen-Keijo, Tiikerivuoren Keijo, monen mäen kirjoittaja, suoraselkä mieheksi, vaikka ei muuten tamperelaista opiskelijakoijaria liialti enää muistuttaisikaan.

Sanat ovat hänelle maailmanikkuna. Sen huomasin Tampereen-aikojen jälkeen ja varsinkin muutettuani Jyväskylään 80-luvulla. Muun ohessa tulin Jyväskylään, oivalliseen kaupunkiin, lukemaan kirjoja, joista *Kuusitoistamiehinen pyramidi* (1981) seisoo niin pystypäin, että vaikea on hyvänkään tekijän keksiä uusia vaunuja työntämään noin komea veturi pois pääteoksen raiteilta, tässä tapauksessa Keijo Siekkisen kirjailijauran asemasilloilla.

Ajattelin nyt kädessä olevaan kirjaan kirjoittaa kuitenkin *Äidin haudasta,* jolla Keijo oli Finlandia-ehdokkaana, mutta kun tästä tulee ja on tätä luettaessa tietysti jo tullutkin kirja, jonka aiheena on vähän laajemmassa näkökulmassa Siekkinen, tuli heti mieleen äskeinen ensitapaaminen ja muuten vain sanoja. Sanoista pitää Keijon kohdalla jatkaa.

On nimittäin hykerryttävä lukea, kun hänen kertojansa ottaa pyöriteltäväkseen sanan, semmoisen kuin *lehtokurppa* tai *kultalammas-karvalakki* tai Esaun *veriruskea hernesoppa* ja avaruustyhjyyteen ja tietokoneen kirjoitukseen rinnastuva *Kaikkeuden Aineen Ruokintapaikka* ja entä sitten tämä, *Hilppa Kimpanpää*:

> [- -] mutta ohjelman loputtua kuuluttaja oli kertonut, että ohjelman toimittajana oli Hilppa Kimpanpää, ja silloin Kimmolla oli räjähtänyt päässä. Se oli ajatellut, ettei semmoista nimeä voi olla, että kuuluttaja kertoi sen vain hänelle, koska hän valvoi yksinään yöllistä voimalaitosta ja kuunteli radiota. Ja niin se oli sitten juossut ja opetellut lentämään siellä voimalaitoksessa huutaen Hilppa Kimpanpää. Se oli mennyt niin tolaltaan, ettei se kyennyt lopettamaan. Se oli tuntunut niin uskomattoman hyvältä, ja Kimmo kertoi, ettei mikään aikaisempi ollut koskaan tuntunut niin hyvältä [- -] (*Kuinka Tiikerivuori valloitetaan.*)

Unesta tehty mies

Juuri ennen teatterinedustalle osunutta viimekertaista kohtaamista näin Keijo Siekkisen vuonna 2013 aivan todella yöllä unessa, niin kuin unessa nähdään, luultavasti Tiikerivuoren kupeella, vuoren kuin vuoren, ei sillä unessa nimeä ollut.

Mutta unessani tämä meni niin, että siellä oli vuoren juurella merenranta, kuin Etelä-Amerikassa tai Intiassa tai jossain vaan etelässä. Mainiolta jyväskyläläisrunoilijalta Toivo Laaksolta, joka aloitti ja vielä jatkoikin uraansa kotitekoisena surrealistina, oli unessani pääsy kielletty alas rantaan. Keijolla ja Topilla oli siinä unessa jotain riitaa, väliaikaista, ei se sen vakavammalta vaikuttanut. Pojat ovat poikia, vaikka varttuvat. Pojat ottavat joskus kiivaastikin yhteen. Keijo touhusi rantavajassa, mutta joku oli kiikuttanut kukkulalle sanaa, että Siekkinen on suuttunut Topiin tällä kertaa, eikä halua tavata runoilijaa. Laakso jäi siis odottamaan ”Tiikerivuoren” ohi kuljeskelevan tien varteen sinne ylös, ja minä kieputtelin rinteenpolkua pitkitellen omin nokkineni rantaan.

Mitäpä siellä turkoosinsinessä sävyttelevän meren äärellä hiekan ja metsän reunassa aaltojen tuntumassa näenkään: näen siellä Siekkisen, joka on rakentanut laboratorion. Se on kuin *Äidin haudassa* uusiksi pystytetty keskisuomalainen kuisti tai vanha veneveistämö järven rannalla siinä samassa kirjassa, mutta isompi se on kuin kuisti ja veistämöä pienempi, ja tuo tuossa, se on kyllä meri.

”Mitä nyt, teetkö sinä tynnyrissä tervaa, niin kuin *Äidin haudassa* kerrot?” minä ihmettelin verstaassa, jossa Keijo touhusi, vaikka en minä unessa maininnut tätä romaania nimeltä.

”Ei kun. Värejä. Se on sillä tavalla, että minä olen päättänyt ruveta maalaaman sanoja. Ajatelle nyt semmoistakin sanaa kuin *semmoinen.*”

Herättyäni unesta minä ajattelin enemmän. Hain kirjahyllystä *Äidin haudan* ja luin:

> Minulla on sana, josta pidän erityisen paljon, vaikka se ei ole paljon minkään näköinen, se on pulska niin kuin sinä ennen kuin rupesit laihtumaan. Sen sanan nimi on semmoinen. Minä laitan sen sinnekin minne se ei käy. Vaikka se on pulska niin se on kevyt. Se on niin kuin Emma. Emmalle me löydettiin nimi Messukylän vanhalta hautausmaalta.

Sanojen maalari 30

Palaan uneen. Siinä kuistin ja veistämön tapaisessa rantavajaverstaassa Keijolla oli lasipurkkeja, kemistin-pulloja, kolmiomaisia, pyramidin muotoon suikkonevia astioita. Ilmiselvästi *Kuusitoistamiehisen* kirjailija teki kokeita. Hän valisti kuitenkin tilanteen koskevan semmoista tekoa, että hän yhdistelee värejä. Hänellä oli mielessä löytää parhaat sävyt, joilla maalata sanoja.

”Mutta sinä kun olet taiteen asiantuntija, sanopa, mitä nämä minun löytämäni värit nyt sitten oikeastaan ovat nimeltään?” Keijo kysyi ja siirteli lasipurkkeja hieman kömpelösti mutta hellästi.

Katselin nestemäisiä värejä. Ne olivat kuvaamattoman kuultavia ja kauniita värejä, monenlaisia asteita, mitä useimpia vivahduksia ja kaikki erinomaisen harmonisesti kohdallaan noissa läpinäkyvissä kemistin-kipoissa.

Keijo aikoi juuri lisätä jota kuta väriä johonkin purkkiin, kun nolostuin oikein. En minä osaa nimittäin näitä värejä nimetä. Ei näitä kukaan osaa. Siksi ja kaikin puolin minun on löydettävä jotain muuta, otettava asiakseni mitä sanoa kysyjälle neuvoksi. Hän on tosissaan.

”Yhdistelet vain niitä värejä, ja heti kun sinussa sisälläsi tuntuu, että tässä on oikea, semmoinen, niin oikein se silloin sattuu. Menee kohdalleen. Tahdon sanoa, että tuntemuksesi on silloin hyvä. Mutta minä vielä korostan. Koska se tuntuu sinussa, se on sinua itseäsi. Että sinä olet sen luonut, olet löytänyt kelpo värin, itsesi värin, eikä sitten tarvitse muuta kuin kirjoittaa se kirjaan. Mikäli sinusta silloin vielä tuntuu, että se pitää kirjaan kirjoittaa. Vaikea sitä on kirjoittaa, kun ei sitä osaa edes tarkasti sanoa. Voi sinusta sen takia tuntua myös siltä, että antaa sen vain olla. Jäädä sillä moisin olemaan kuin elämä sinusta on mieliksi.”

Suurin piirtein tuohon tapaan minä unessa sanoin. Kerroin repliikkiäni näinkin pitempään muistellen, koska tämä on tosiaan nähty uni. Kaikkea sanomisiaan ei unesta voi ikinä muistaa sana sanalta – aivan niin kuin ei värejäkään voi nimetä tarkasti. Nimetessä ne menettävät jotain ominaisestaan sävytyksestä.

Mutta että unet ovat totta, siitä löysin taas kerran vakuutuksen ensin tavatessani Keijon unen jälkeen väliajalla teatterilla ja aivan pian senkin jälkeen saadessani kutsun kirjoittaa tässä meillä nyt käsillä olevaan kirjaan. Enneunet eivät ole pötyä, mutta niitäkään ei voi tarkasti sanoilla selittää ja tulkita.

Siekkinen sanoo jotain tästä *Äidin haudassa*, kun sanoo äidin kuolemasta, joka on hänelle hyvin järkeenkäypää. Mutta vähän ennen sitä minäkertoja aavistelee vähän ja kirjoittaa äidilleen:

> Se oli kaunis päivä, heinäkuuta, sinulla oli merkillinen loiste silmissäsi, riisuit kengät ja sukat ja kävelit paljain jaloin. Minä olin sinusta luopumassa, katselin jo syrjempää, sivusta. En minä sitä silloin ajatellut, ajatus tulee aina perästä päin, joillekin se voi tulla etukäteen mutta en minä siihen oikein usko.

Mitä vielä uneeni tulee, Keijo vaikutti unessa antamaani ohjeeseen tyytyväiseltä ja sanoi tekevänsä sen mukaan ja varsinkin kun ei muutakaan neuvoa kuulu. Minä palasin rinnettä pitkin metsäisen jyrkkää polkua ylös. Siellä jo Topi odottelikin hieman kärsimättömänä ja huono-oloisena. Lähdimme hakemaan jostain sivupaikasta juotavaa, sillä meillä oli tosiaan vähän toispäiväinen tila, ja minua harmitti se suuresti, sillä kyllähän minä siinä samassa panin merkille, etten ollut (ennen ilmeisesti jotakin unen tarkemmin kertomatonta juhlaa) maistanut tuikkuakaan alkoholia muutamaan vuoteen. Arvelin, että näin se meillä menee. Keijokin vaikutti nuortuneen urheilijapojaksi, messukyläläiseksi, parraton se siinä unessa ilmeisesti ainakin oli.

Seuraavana aamuna valveilla huomasin, että oli se kumma. En ollut nähnyt ennen tai ainakaan vuosiin Keijo Siekkistä unessa. Herätessä osasin onneksi heti ajatella, että pojilla tuskin oli riitaa ja että myös Topin kanssa haetut ja sitä ennen juodut juotavat olivat olleet unta. Värit minua askarruttivat.

Asun tätä erää Iisalmessa, jossa aikoinaan myös synnyin vähäsen myöhemmin kuin Keijo Jyväskylässä. Mutta napanuora-ajoista, joista emme tahoillamme muista kuin kuvitelmia, ovat vierineet perin runsaat tovit, ja olikin menossa nykyään elettävän vuoden reaaliaikainen tammikuu eli äskeisen unen jälkeinen päivä 2013. Täytyi ajella autolla Iisalmesta taas kerran Jyväskylään. Välistä kismittää ja taas kismitti, että vaikka mielellään ajankin Jyväskylään, rupeamaa kertyy.

Mutta Jyväskylässä oli oivallisena tehtävänä kirjoittaa Kaupunginteatterin pienen näyttämön amerikkalaiskomediasta *Keskisuomalaiseen*. Siellä sitä oltiin kohta teatterilla.

Samalle väliajalle sattuivat Molièren *Saiturin* ennakkoesitystä suurella näyttämöllä seuranneet yleisöt. Tupakalla seisoskeltiin ulkona Kirkkopuiston suuntaan ja Gummeruksenkadulle päin ja Kilpisenkadulle päin välillä vilkaisten kuin monesti ennen vanhaan jo. Oli Keijo, oli Heikkilän Jyrki, kapellimestarina tosimestari ja oli Urrion Risto, joka taas on kirjallisuuden monitoimimies eikä polta. Oli siinä muutamia muitakin, mutta yhtä kaikki, *Saituria* katselleet kehuivat *Saituria*. Kävi heitä vähän kateeksi, sillä minusta kellaripuolen esitys, Neil Simonin kirjoittama *Täydellinen rakastaja* oli melko tyhjä juttu vaikka hyvin näytelty. Näistä juteltiin ja polteltiin. Pienellä näyttämöllä istunut Risto oli ystävien kohtaamisesta mielissään, niin kuin minäkin, mutta ei hän tilannetta semmoisena pitänyt, että olisi ruvennut muiden lailla tupakoimaan. No, se ei ole tärkeää, mutta vasta kun oli menty takaisin sisälle ja saleihimme muistin unohtaneeni kertoa Keijolle niinkin oleellisen jutun kuin että olin nähnyt hänestä juuri äskettäin unta. Niinpä se menee. Ei unia yleensä ryhmässä, teatteriväliajalla ja ulkona tupakoidessa kerrota.

Korostan vielä, että kaikki tämä ei tietenkään ole sattumaa, sillä unet ovat viisaita.

Keijo kertoo kyllä unistakin kirjoissaan, joskin hän lähestyy unia konkreettisemmin, mutta vähemmän mystifioiden. Minusta unet ovat todellisempia, yhtä todellisia tai toiselta puolelta paljon todellisempia kuin valvominen. Siis konkreettisia ne ovat minustakin, mutta tässä kanniskelen katsantona mukana mystiikkaa, jota pidän useassa suhteessa totena ja konkreettisena, vaikka mystiikasta eivät minä eivätkä monet muut tiedä paljonkaan. Niinkin se vain menee. Maaginen vähän vierastaa kaikkea kirjaimellista.

Silti. Siekkinen on realistimiehiä, mutta myös hänessä on tietty mystikon juoni. On tahtoni ja tarkoitukseni tässä kirjoituksessa vihjata tai suoraan sanoa että se liittyy sanoihin.

Sanat ovat sellaisia kuin ovat

Siekkinen on kirjailija, jolle sanat ovat sellaisia kuin ovat – viittaamassa siihen mitä sanovat. Mutta kieli on yksi kantaan myös peittävä tekijä. Ei sanoilla noin vaan saa sanotuksi, mitä syntyy ja mitä kuolee. Äiti on haudassa.

Minusta oli mukava tehdä Siekkisestä haastattelua *Äidin haudan* silloin 1985 juuri ilmestyttyä. Oli julkaisupäivä. Istuttiin ravintolassa jossain päin Stadin keskustaa. Syötiin silakoita. Polteltiin hirveästi tupakkia. Siekkinen huomautti olevansa lähempänä strukturalisteja kuin psykologeja. Strukturalistit ovat, Keijo heitä kansanomaisti ja kuvaili, sikäli aitoa porukkaa että osaavat erikoisen tarkasti keskittyä kieleen. Kieli piilottaa. Sanat ovat hyviä keksimään piiloja, mutta kirjailijan kokemus on kumminkin kiinni kielessä. Pitää rakentaa romaaniin struktuuri, kuisti, siinä tarvitaan muita ihmisiä, kommunikoimista, yhteisöä, monenlaista puhetta ilmeiden ja eleiden ja varsinkin tekojen kaveriksi. Kieltä tarvitaan. Tekstin ikkunaruutujen läpi voi katsella sitten omia mielikuvia kuten vaikka psykologien kehumia unia, joita varten kieli sekoittaa hyvät värit ja rakentaa veneet kalaan lähtöä ja muuta tahdottua ja tahtomatonta yhteistä tekemistä varten.

Martti ja Irja olivat kaksi silmää samassa päässä ja ne näkivät molemmat erilaiset ikkunat perkele! Eivätkä ne saaneet saumakohtia sopimaan yhteen. Ne olivat pääsemättömissä toisistaan. (*Kuinka Tiikerivuori valloitetaan.*)

Keijo Siekkisen alati oleva pyrkimys on löytää sopiva kieli kertomaan ympärillä, muistoissa ja nykyisyydessä olevista *semmoisista*. Hän tutkii tai laukoo sanoja semmoisina. Mukavina sanoina tai pisteliäinä sanoina, joiden aitous-, totuus-, tuttuus- ja painoarvo on rakentamista ja välittämistä. Kun kieli välittää eri ihmisen sanomana samasta sanasta vaikutelman tai jostakin toisesta sanasta vaikutelman, se välittää sen, mutta ei vain välitä, vaan myös *välittää* siitä. Se *tykkää* vaikutelmien erilaisista leikkauskohdista ja yhteisestä alkuperästä, maailmasta, jossa haetaan rauhaa eikä olla sillä tavalla vihassa että koko ajan soditaan.

Siekkisellä on poliittista ja vaikka minkälaista merkittävää henkilöhistoriaa, mutta oleellista tuossa monessa touhussa ja toiminnassa ovat sanat ja miten *välittää* sanoilla maailmasta. Sanat ovat tykättäviä. Sanat ovat tekoja. Sanat tapahtuvat.

Mutta minä rupesin tuossa tuumimaan, että eikö voitaisi ajatella sitä, että voimalaitos ei olekaan olio tai esine vaan eräänlainen tapahtuma. Ja kun sinä olet siellä, niin sinäkin olet eräänlainen tapahtuma ja niin te yhdessä olette tapahtumasarja. Ja se tapahtumasarja on eräänlainen ajatus, jonka sinä ajattelet. Tai sitä kutsutaan ajatteluksi sitä tapahtumasarjaa. [- -] niinpä kiinan kielellä ajattelevan ei ole vaikeata tajuta, että esineet ovat myös tapahtumia, että maailmamme on paremminkin tapahtumasarjoja kuin olioiden kokoelma. (*Kuinka Tiikerivuori valloitetaan.*)

Keijossa on pikkupojan olemusta vähän samaan tyyliin myönteisesti kuin oli Tapperin Harrissa. Hän leikittelee, suhteellistaa asioita huumorilla, mutta myös erikoisesti punnitsee, viisastelee kansantyylisesti, ymmärtää itseironian ja purkaa tunteita ymmärtäen sanat tässä puuhassa jos vaikka riittämättömiksi niin kuitenkin ensiarvoisiksi.

Sanat ovat keino ja niiden käyttö Siekkisellä on sittenkin niin peräti keinotonta – siis ei se ole huonoa, vaan ilman keinotekoisuutta. Katsella lintuja, koiraa, esineitä, ihmisiä, ja ymmärtää näkemänsä sitä kautta. Kaikkea ei ymmärrä, mutta elämä näyttäytyy tällaisena. Konkreettisena. Kirjaimet kohtaavat kuvan. Ajatus kohtaa tunteen. Ajatus kohtaa tuntemuksen.

> Kyllä. Kristiina halusi paljon ja niinpä hän halusi Descartesin luokseen. Ja keskellä talvipakkasia ja lumituiskuja. Sinne vain Pohjolan kylmään. Olisi pitänyt olla pitkät alushousut, välihousut, töppöset ja lapaset mutta mistäpä Descartesilla semmoiset olisi ollut. Jos olisi, niin nyt tunnettaisiin hyvinkin kuolematon lause: Minulla on villavälihousut ja töppöset, olen siis olemassa. Mutta kun ei ollut, niin ei tunneta. Descartes ei kestänyt semmoista peliä ollenkaan vaan kuoli. (*Kettuluolat.*)

Miten sen, siis ajatuksen ja tuntemuksen kohtaamisen paljon paremminkaan ilmaiset kuin sanojen kautta, sanomalla ja kirjoittamalla ihmisistä ja näkymisistä ja tapauksista. Tai sitten Keijon tapaan esimerkiksi niin, että suoraan jutustelee lukijalle samalla kun kirjoittaa, kirjoittamisen prosessia selostaen. Kun Siekkinen tekstissään usein tarkoituksella näin haastelee, saa hän lukijan vähän lähemmäksi, osalliseksi. Lukija kutsutaan sanomaan välitön sanasensa väliin, iloitsemaan kirjan kielen kanssa ja haastamaan sille pikkuisen vastarantaa tai riitaa. Mainiota se on semmoinen.

Jos Keijon teoksissa itketään, nauretaan ja tunteillaan, ajatusta siihenkään vollotukseen tai välistä koiramaiseen ulvontaan ei synny ilman sanaa. Ja sana myös omasta puolestaan varoittaa: tyystin jos uppoaa tunteeseen, sehän mykistää, eikä lukijakaan muista mitä piti sanoa seuraavaksi tai mitä oli lukemassa.

Koskapa sanalla on rajoituksensa, Keijon pitää kirjailijana sitä hieman myös jujuttaa. Siksi hän pompottelee ja jallittelee metkasti palloa lukijan vahtiman tai vahtaaman maalin suuntaan sanoillaan, ajatuksilla ja hukuksiin päästämättömillä tunteilla, kuten *Äidin haudassa.* Tosin on todettava, että siinäkään kirjassa ei pallonpotkiminen kirjaimellisena pallonpotkimisena käy vain metkaksi. Tekstissä todetaan, että italialainen Juventus voittaa Belgiassa englantilaisen Liverpoolin. Mutta samasta matsista sanotaan myös tämä: "Peli pelattiin, potkittiin palloa kun katsomosta oli saatu ensin ruumiit ja vammaiset rahdattua ulos."

Sitten, edelleen, kirjailija voi edelleen myös esimerkiksi käyttää useita kertojia, kuten *Tiikerivuoressa* tai antaa henkilöidensä tarinoida sangen pitkään omiaan, kuten *Kettuluolissa* (1993). No, meitä on moneksi lähtijäksi, mutta puhumme persooninemme yhteistä kieltä, jota toinen ei aina tavoita toisen sanomana, mutta joka Keijon kirjoissa katsoo mahdollisimman puhelevasti ja puhuttelevan haastamisen elkein ja sen tähden ilkikurisenakin ollessaan melkoisen suoraan ja vuorotarinan osapuoleksi alttiina lukijaa silmiin.

Tietysti Siekkisen kertojien kielellinen ilmaisu osaa ihmismielen ja -suhteiden yleiseen tapaan olla myös vänkyrä, rupatella omaan pussiin ja ihmetellä, kun toinen ei ymmärrä.

Kyllä kirjailijan kelpaa siitä huolimatta ja varsinkin siksi olla olemassa ja paiskia töitä. Kirjantekijä on semmoinen välittäjä, sovittelee, yhdistää ja jos ei neuvo, on ainakin monenlainen tulkki, ystävällinen olka tai häiritsevä töytäisy. Siihen hänellä pitää olla oma ääni; ne värit, joita Keijo Siekkinen myös uneni laboratoriossa ihan vähän aikaa sitten yhdisteli.

FT Teppo Kulmala on toiminut pitkään Keskisuomalaisen kulttuuritoimituksen päällikkönä ja erikoistoimittajana. Nykyään hän on kirjailija ja vapaa toimittaja. Kulmala on väitellyt Hermann Hessen teosten ja Carl Gustav Jungin analyyttisen psykologian yhtymäkohdista. Hän on kirjoittanut kymmenen omaa teosta, tehnyt näytelmiä ja suomennoksia sekä osallistunut moniin tieteellisiin ja kaunokirjallisiin antologioihin.

Lähteet

Keijo Siekkinen: *Kettuluolat. Romaani.* Jyväskylä: Gummerus 1993.

Keijo Siekkinen: *Kuinka Tiikerivuori valloitetaan. Romaani.* Jyväskylä: Gummerus 1988.

Keijo Siekkinen: *Kuusitoistamiehinen pyramidi. Romaani.* Jyväskylä: Gummerus 1981.

Keijo Siekkinen: *Äidin hauta. Romaani.* Jyväskylä: Gummerus 1985.

Työtä ja työläisiä

Antti Kajannes

Työ on yleinen kuvauskohde kirjallisuudessa, niin myös Keijo Siekkisellä. Joka kirjailijalla on siihen oma tulokulmansa, Siekkisen teoksissa aihe valottuu usein työläisten kannalta. Realisti hän ei kuitenkaan ole, vaikka häntä on uusrealistiksi syytettykin. Sitä paitsi hänen työkuvauksiinsa tulee varhaistuotannon jälkeen lukuisia uusia lähestymistapoja ironian, itseironian ja kriittisyyden myötä. Joka tapauksessa Siekkinen tuntee duunarit perusteellisesti jo lapsuuskodistaan ja muusta taustastaan. Hänellä itsellään on kokemusta poikkeuksellisen monista hommista.

Kriitikot ja tutkijat ovat huomanneet Siekkisen kertovan kirjoissaan näistä asioista. Yksi ja toinen on ottanut kantaa siihen, onko hän työläiskirjailija. Varmaan hänessä on sellaisen piirteitä, mutta se ei ole koko totuus hänen kirjailijakuvastaan. Sanat realisti ja työläiskirjailija ovat hänen yhteydessään auttamattomasti vanhentuneita ja liian yksioikoisia. Leimaamiseen ne toki ovat omiaan.

Tutkijoiden kannanottoja

Tutkijat ovat melkoisia vallankäyttäjiä, varsinkin kansakunnan kaapin päälle nostetut. Olisi syytä selvitellä eri kirjailijoiden erilaista vastaanottoa vallankäytön ja -alaisuuden kannalta. Siekkisen teosten reseptiota kannattaisi analysoida, niin merkillistä se joskus on.

Pekka Tarkan *Suomalaisia nykykirjailijoita* on koko sutki opus. Tarkka on huomaavinaan, että Keijo Siekkisellä on *Reinon veljenpojassa* "kitkerä muunnelma" työläiskirjallisuuden suosimasta aiheesta, siitä että kirjoittamista harrastava nuori mies jättää luokkansa. Tarkka lokeroi rutinoituneesti:

> Keijo Siekkisen tuotanto asettuu mielenkiintoisella tavalla suomalaisen realismin ja sen hajoamisen taitekohtaan. Hän kuvasi aluksi perusammattien raskasta työtä ja sen tekijöitä vanhan työläiskirjallisuuden tapaan. Sitten hän alkoi pelata kerronnalla ja tarinoida hirtehisesti: hän näytti työväenkulttuurin rappion samoin kuin uuden ajan ja sen ammattien epämääräisen turhuuden.

Mielenkiintoinen ja ilmiselvästi asenteellinen kannanotto. Siekkinen ei nimittäin niinkään *pelaa* kerronnalla ja kaunokirjallisilla rakenteilla, vaan hän uudistaa niitä taitavasti ja ihan omalla tavallaan. *Hirtehinen* ei ole ainoa sana, joka katkelmassa yllättää. Kumman monta kielteistä ilmausta mahtuu lyhyeen katkelmaan: *kitkerä*, *jättää luokkansa*, *hajoaminen*, *pelata*, *hirtehisesti*, *rappio*, *epämääräinen* ja *turhuus*. Vasiten ne ovat valikoituneet Tarkan tajunnanvirtaan, josta ne vyöryvät lukijakunnan kulttuuripeltoa lannoittamaan. Mitähän muuten on Tarkan mainitsema työväenkulttuuri ja mitä on sen rappio.

Joskus Tarkka pudottaa Siekkisen kokonaan yli laidan ja jättää häntä koskevan esittelyn tykkänään pois jostakin niteensä painoksesta tai laitoksesta. Kannanotto sekin, ja enemmän Tarkasta kuin hänen kohteestaan kertova. On tutkijalla muitakin uhreja. Sellaisia ovat järkiään postmodernistit, elleivät he ole keskustalaisia tahi oikeistolaisia.

Kai Laitinen jättää kirjallisuushistoriassaan ja muussa tutkimuksessaan vasemmistolaiset ja työläiskirjailijat vähälle huomiolle. Jos hän päästää heitä esille, hän esittelee heitä asenteellisesti, ellei peräti leimaavasti. Siekkisen hän mainitsee luvussa ”Leveän työläisepiikan linja”. Sen alussa hän huomauttaa, että laaja työläisaiheinen romaani säilytti asemansa vielä 1960-luvulla, jolloin dokumentti ja pamfletti vyöryivät fiktioon. Laitinen toteaa, että leveän työläisepiikan kirjoittajat olivat työläistaustaisia eikä heidän ”tarvinnut kokea poliittista herätystä, sillä he olivat kotoisin työläispiireistä ja jo lähtökohtiensa puolesta valmiiksi vasemmistolaisia” (!). Löytyykö tiiliskivimäisestä opuksesta muuten samanlaisia sanontoja tarkoittamassa oikeistolaisia ja keskustalaisia ihmisiä, kirjailijoita? Ainakaan minä en ole löytänyt.

Laitinen myöntää, että työläisaiheisen proosan henkilöillä on *ongelmia*. Mielenkiintoista kylläkin ne johtuvat ”sekä yhteiskunnan rakenteesta, lähiyhteisön ristiriidoista että puhtaasti yksilöllisistä luonteenominaisuuksista”. Laitinen mainitsee ja lyhyesti esittelee tässä yhteydessä seuraavia nimiä: Hannu Salama, Alpo Ruuth, Lassi Sinkkonen, Samuli Paronen ja Jorma Ojaharju. Laitinen korostaa heitä mm. työväenliikkeen sisäisten ristiriitojen kuvaajana. Mitähän ne lienevät? Samassa virkkeessä Laitinen mainitsee sitten Kaarlo Isotalon, Reijo Lehtisen ja Keijo Siekkisen, joista Isotalo on sentään syntynyt 1918, Lehtinen 1929 ja Siekkinen 1948. Aika suurpiirteistä kirjallisuushistoriaa, jossa mutkat vedetään suoriksi.

Onko Siekkinen sitten kirjoittanut Laitisen mainitsemia ”suorasukaisia, laveita työläiskuvauksia”? Vähän vaikea sanoa, kun ei tiedä, mitä suorasukainen ja varsinkin lavea tarkoittavat tässä yhteydessä. – Eiköhän jako työläiskirjailijoihin ja muihin ole aikansa elänyt, vaikka käytetään sitä vieläkin leimaamiseen. Puhuuko joku tutkija muuten kokoomuslaisista, keskustalaisista, liberaaleista tai porvarikirjailijoista, tai lahtariprosaisteista?

Milla Peltonen kirjoittaa Siekkisestä artikkelissa ”Jälkirealismi 1970-luvulla: realismi ja postmoderni(smi)n haasteet”. Se on Päivi Lappalaisen toimittamassa julkaisussa *Uudessa valossa: kirjoituksia realismin kysymyksestä* (1998). Väliotsikossaan Milla Peltonen oudostuttavasti kertaa Kai Laitisen ”oivalluksen”: ”Keijo Siekkinen: työn sankarista turhuuden ideanikkariin”. Muussa tekstissä hän esittää huomioita lyhyenlaisesti, esikuviensa Tarkan ja Laitisen näkemyksiä ja sanontoja kierrättäen. Pelaaminen, työväenkulttuurin rappiotila ja kirjoitteleva nuori mies luokkansa hylkääjänä toistuvat Peltosella. Siunatuksi lopuksi hän huomaa Siekkisellä kylläkin yhteiskunnallisen ulottuvuuden, mutta Peltosesta kirjailija silti painottaa lähiyhteisön sosiaalisia suhteita... Vanhaa kiljua uusissa leileissä on tuo Siekkis-tutkimus.

Siekkinen sivussa

Siekkinen kirjailijana ja hänen eri teoksensa eivät ole vielä saaneet ansaitsemaansa huomiota mediassa eivätkä varsinkaan tutkimuksessa.

Olisi hyvä sijoittaa kirjailijan tuotanto tarkasti ajallisiin ja muihin yhteyksiinsä eli kontekstualisoida sitä. Se jää tulevan tutkimuksen tehtäväksi. Vielä tärkeämpää on lukea yksittäisiä teoksia ennakkoluulottomasti ja analysoida niitä sellaisinaan, ilman Tarkkaa ja Laitista esilukijoina.

Ennen laajan Siekkis-tutkimuksen ilmestymistä voi lyhyesti kumota luulon, että hänen merkityksensä kirjailijana olisi ensisijaisesti ja yksinomaan paikallinen tai maakunnallinen. Aiheet ja puheenparsi ovat hänellä toki aika paljon täältä läheltä. Keijo Siekkinen kuvaa Jyväskylää ja Vaajakoskea tehdaspaikkakuntina. Fantasia ja huumori värittävät hänen kuvaustaan maakunnan väestä. Siekkisen tuotanto kuuluu kuitenkin oikeutetusti Suomen ja miksei maailman kirjallisuuteen. Hän on omaleimainen kerronnan ja rakenteen uudistaja, joka on kaukana nurkkapatriootista.

Työ on Siekkisen tuotannossa läsnä muutenkin kuin kirjailijan työnä, jota hän on sitäkin valottanut haastatteluissa. Hän täyttää muutamia niistä ehdoista, joiden katsotaan kuuluvan työläiskirjailijalle. Teoria luokitteluineen ja määritelmineen on kumminkin aina harmaata. Toisin kuin Siekkisen tuotanto, jossa on huumoria, parodiaa ja ironiaa, ja kaikki elämän värit. Mennään siis siihen.

Sahalla ja valimossa

Alkutuotannossa työläiskuvaus on selväpiirteistä. Esikoisromaani *Naisen mies* kuvaa työtä sahalla ja kotielämää, ja huumori maustaa tekstiä. Päähenkilö Aulis Tervanen on oikea, luokkatietoinen duunari. Romaanin nimi on vähän velmu, ja samalla se kertoo Siekkisen tuotannossa tärkeän asian: parisuhde ja suhde lähiomaisiin on elämän ydintä. Ihmisestä tulee Siekkisellä ihminen erityisesti yhteydessä toisiin: perheeseen, läheisimpään ihmiseen, luokkaan, duunarisakkiin. Työ ja perhe ovat Tervaselle jokapäiväistä leipää.

Siekkinen sai kirjaan aiheen opiskeluvuosinaan lukujen lomassa SOK:n sahalla Vaajakoskella. Työtahti oli kova ja ihmisen piti alistua koneen jatkeeksi. Sahurin työtä ja sahaa ympäristönä Siekkinen kuvaa tarkasti. Näkökulma on työläisillä, joiden elämän ehdot tulevatkin hyvin esille. Päähenkilö etsii paikkaansa työelämässä ja yhteiskunnassa. Hän on ajatuksiltaan jyrkkä ja henkilöhahmona tyylitelty.

Betoniraudoittaja Eino Helminen ottaa tarkasteluun eri-ikäiset työläiset. Nuoret ja vanhat työskentelevät yhdessä, mutta toista ei ole aina helppo ymmärtää. Nimihenkilö on eläköityvä duunari, jonka silmillä yhteiskuntaa katsotaan. Raskasta työtä tekevä ei yleensä saa sitä arvostusta, jonka ansaitsisi, mutta Helminen itse ymmärtää työn ja työväenluokan arvon. Rakentaminen on hänelle paremman maailman ja tulevaisuuden rakentamista ja rauhantyötä.

Jo kaksi ensimmäistä romaania saivat hyvät arvostelut. Kritiikeissä Siekkistä verrattiin mm. Viitaan, olisivatkohan *Betoniraudoittaja Eino Helmisen* kriitikot muistaneet Viidan runokokoelman *Betonimylläri*. Leikki sikseen, Siekkinen on hyvät palautteensa ansainnut. Nuori prosaisti sai valtion yksivuotisen taiteilija-apurahan.

Nuori jyvässeutulainen työläiskirjailija, jollaisena Siekkistä esiteltiin mediassa, kiinnosti laajasti. Hän oli suosittu haastateltava, ja häneltä pyydettiin artikkeleita ja puheenvuoroja. Jyväskylän kaupunginteatteri tilasi Siekkiseltä näytelmän, ja yhteistoiminta tuotti tulosta. Henkilömäärä ja naisten ja miesten määrä annettiin kirjailijalle valmiina, mutta muu oli rakennettava itse. Draaman kirjoittaminen oli täyttä työtä. Ensin oli opeteltava rakentamaan vuorosanoja ja henkilöhahmoja, ja sitten syntyi useita versioita.

Raudanvalajat oli mieleen tilaajalle, katsojille ja lehdistölle. Draamakerronta, jossa asiat esitetään puheen kautta, luontuu teoksessa valmiina ja hallittuna. Työläishahmot piirtyvät uskottavina. Heidän välillään on jännitteitä ja tarpeen tullen solidaarisuutta.

Raskaat miehet, joka syntyi näytelmän pohjalta, näkee valimon työläiset läheltä. Siekkinen sivuaa monia tämänkin päivän kannalta tärkeitä kysymyksiä, kuten työsuojelua ja valimotyön epäterveellisyyttä. Asiat tulevat esille monilta kannoilta. Kirjassa piirtyy kuva jyväskyläläisestä teollisuusyhteisöstä, jonka monet yksityiskohdat ovat samoja kuin jyväskyläläisen Rautpohjan Valmetissa.

Yhteiskunta, politiikka ja arki elävät kerronnassa täyttä symbioosia, eikä säröjä ole. Ammattimiehet tuntevat palapelin, jonka osasia he ovat. Ay-liike, puolueet, työnantaja ja muut tahot valottuvat heidän näkeminään. Duunarit eivät vähättele itseään ja työtään mutta eivät myös paisuttele osuuttaan yhteiskunnassa. Valimon miehet eivät ole ostettavissa, vaikka heidän työpanoksensa onkin. Romaani pyrkii rikkomaan myyttisen työmiehen kuvan ja luomaan tilalle uuden, näköisemmän.

Parodiaa perinteisistä työn kuvauksista

Tästä lähtien Siekkisen tuotanto muuttuu teos teokselta monisäikeisemmäksi. *Reinon veljenpoika* ironisoi perinteistä työväen kuvausta. Se ottaa aineksia työväenkirjallisuudesta juonikaavioista, henkilöiden perustyypeistä ja ilmaisusta mutta ei hyödynnä niitä sellaisenaan vaan käyttää omiin tarkoituksiinsa. Henkilötkin tarkastelevat duunarien maailmaa vähän kauempaa, jos tarkastelevat.

Romaani on kerronnallisesti ja muutenkin onnistunut. Takaumia ja ennakointeja käytetään taitavasti, asioilla on juurensa lapsuudessa ja jopa aiempien sukupolvien elämässä. Kirjan nimi kertoo siitä, että ihmiset määrittyvät taustansa ja yhteyksiensä nojalla. Päähenkilö Armas Ketola on kirjoittelija, jonka pitäisi sommitella matkamuistofirman tarpeisiin tekstejä. Niitä tarvitaan turisteille myytävään krääsään. Kustantaja markkinoi *Reinon veljenpoikaa* veijariromaanina. Miksei niinkin, mutta on se myös paljon muuta. Siekkinen piirtää kuvaa nurjasta yhteiskunnasta, jossa moni epäonnistuu ja jossa hyväosaiset ovat itsekkäitä ja ahdasmielisiä. Komedia ja tragedia ovat romaanissa lähekkäin.

Seuraavaa kirjaa pidetään yleensä Siekkisen pääteoksena. *Kuusitoistamiehinen pyramidi* kertoo Vaajakosken työläisistä. Esillä on patruunoiden ja duunarien paikkakunta, joka nykyaikaistuu kuin huomaamatta. Teollisuuden paikkakunnalla aloittaa norjalaissyntyinen villakomppanian patruuna, joka petyttyään toiveissaan lähtee Englantiin. Sitä ennen hän myy tehtaansa ja sahansa työläisten osuuskunnalle.

Romaani testaa, miten hyvin työväenliikkeen arvot ja menettelytavat kantavat eilisestä huomiseen. Aate on aito, mutta joskus sen ilmenemismuodot jämähtävät paikalleen eivätkä auta raa'assa todellisuudessa. Utopia paremmasta maailmasta ei toteudu ainakaan sellaisenaan. Taas kerran Siekkinen kertoo osaavasti siitä, millä tavoilla menneisyys tunkeutuu nykyhetkeen.

Romaani on avoin eri tahoille. Se on vuoropuhelussa kansanperinteen, vaajakoskelaisen jutustelun, historiankirjoituksen, idealismin ja monen muun ilmiön kanssa. Kerronta on romaanissa ilmeikästä, ja kertojat tuovat avoimesti esille käsityksensä roolistaan. Romaani puhuu työväenliikkeestä monelta kantilta ja velmusti, toisaalta ymmärtäen ja toisaalta ihanteellista työväenaatetta kevyesti ironisoiden. Patruunat ja kunnan johto saavat niille kuuluvan aseman. Romaanissa on mukana hauskoja ja yllättäviä aineksia ja postmodernistisia sävyjä.

Viime kädessä romaani pohtii, mikä on yksilön asema, tehtävä ja vaikutusmahdollisuus työnsä suorittajana ihmisyhteisössä, yhteiskunnassa ja työväenliikkeessä. Laaja aikaperspektiivi syntyy, kun asioita seurataan sukupolvesta toiseen. Ei tosin puhtaan kronologisesti mutta kumminkin. Työläisten kuvauksessa on värikkäitä ja joskus makaabereja yksityiskohtia, arvoituksellisia väitteitä ja vasiten rakennettuja vertauskuvia.

Yhtenä aiheena on muuttuva suhde työhön. Tehtailijan ja työläisten väljä hiertää ennakkoluuloisuus. Romaanin lopussa ollaan jo sitten byrokraattisessa, standardisoidussa nyky-yhteiskunnassa, suunnitelmiaan heiluttelevien "huopahattuisten idioottien" hallitsemassa maailmassa. Kuusitoistamiehinen pyramidi on esimerkki työläisten yhteisistä aikaansaannoksista, ja se kertoo reippaasta ponnistelusta. Sana pyramidi viittaa kyllä muuhunkin.

Uusia näkökulmia työhön

Seuraavissa romaaneissa työ on mukana yhtenä aiheena mutta ei pääasiana, ellei se nouse sellaiseksi mutkan kautta suoraan. *Äidin hauta* on kirja elämästä ja työstä sen oleellisena osana, ei kuolemasta. Miehen on katkaistava napanuora äitiin ja muihin auktoriteetteihin, myös ajattelua ja toimintaa ohjaaviin aatteisiin. Muistelu nostaa menneestä esille monenlaista, ja elämän vaiheet jäsentyvät kulloistenkin töitten mukaan. Raadanta oli työläisäidille luonnollinen olemisen ja elämisen tapa, mutta poikaa se pohdituttaa. Pojalle on kumminkin selvää, että asiat olisi tehtävä kunnolla. Hyvä työn jälki helpottaa arkielämää, huono aiheuttaa riesaa. Jos esimerkiksi talon ovi on istutettu huonosti, se haittaa asukkaita alituisesti.

Romaani *Kuinka Tiikerivuori valloitetaan* kuvaa ihmisiä, jotka ovat hypänneet tai haluaisivat hypätä tiukkatahtisen työelämän oravanpyörästä. Päähenkilö on ammatiltaan kiinteistönvälittäjä, joka haluaisi kalastajaksi. Elämä on kirjassa kaupantekoa, jossa etsitään itselle hyötyä, tosin yleensä turhaan. Ihmisten touhut ovat sattumanvaraisia, yksi mm. ostaa tanssilavan. Uuden rakentaminen ja asioitten muuttaminen on vaikeaa. Kuvitelmia ja toiveita mahtuu elämään enemmän kuin aikaansaannoksia. Ainakin Irjan toive toteutuu: hän sopi kiinteistöfirman myynnistä ja ryhtyy kalastajaksi verkontekijän kanssa.

Kettuluolat purkaa katteettomia ihannekuvia asioista, varsinkin rakkaudesta ja työstä. Työn ja rakkauden ympärillähän elämä kyllä pyörii, mutta aika sattumanvaraisesti, letkeästi ja groteskisti. Työ ja seksi limittyvät kirjassa monella tapaa. Päähenkilö on joutunut muuttamaan antikvariaattinsa eräänlaiseksi pornokaupaksi, koska kirjallisuus ei myy. Pärjääminen on yhtä vaikeaa tai mahdotonta muilla elämänalueilla kuin kaupanteossa.

Yhteiskunta ja bisnes ovat pelejä, joita pelataan epäpuhtaasti ja joiden säännöt eivät ole kauniita. Joka alalla riittää päältäpäsmäreitä ja ihanteenmuodostajia. Ihmiset määrittyvät ammattinsa ja aikaansaannostensa nojalla, mutta monesti elämää vie eteenpäin enemmän se mitä ajatellaan ja luetaan, ei rutiinimainen ja orjuuttava työnteko. Filosofia, tiede ja kaunokirjallisuus kertovat asioitten tilan. Romaanissa on ironisia sitaatteja mm. Erik Ahlmanilta ja *Keskisuomalaisesta.*

Pappi ja hänen työnsä ovat tavallinen aihe kaskuissa, kansanperinteessä ja proosassa, miksei draamassakin. Siekkisen romaanissa *Papin poika ja pappi* on kaksi päähenkilöä joista toinen, Asko Kolu on toisen polven pappi sillä hän oli Asser Kolun, kuuluisan ja väkevän sananmiehen poika. Papin työn joutavanpäiväisyys ja eriskummallisuus käy ilmi, ja pappi riisutaan kaavustaan. Keskeinen henkilö on lähes sata vuotta täyttänyt taloudenhoitaja Helena Pennanen, joka palveli Kolun perheessä vuosikymmeniä sitten taloudenhoitajana ja luovuttaa ennen vapaaehtoista kuolemaansa muistiinpanonsa historiasta kiinnostuneelle Askolle. Henkilöiden erilainen suhde työhön valottuu hyvin. Joku enemmänkin puhuu siitä, toinen tekee sitä.

Jäähyväiset rakkaudelle tuo esille useita ammatteja ja monia suhtautumisia työhön. Hyväosaisille oma asema ja toisten osoittama kunnioitus antavat ylemmyyden tunteen, joka näyttäytyy kenellä mitenkin. Tässä romaanissa Siekkisellä on entistä enemmän myös luusereita, työttömiä. Ja kirjailijoita, jotka sijoittuvat työttömän ja työllisen välimaille.

Työ, raha ja rakkaus pyörittävät maailmaa Keijo Siekkisen kirjoissa. Niin ne taitavat pyörittää myös sitä maailmaa, joka häntä ympäröi.

Antti Kajannes on kirjoittanut artikkeleita lehtiin ja kirjoihin, ja hän on ollut toimittamassa useita kirjoja. Kajannes on ollut ikänsä kaiken kirjojen äärellä, kuten moni muukin suomalainen. Leipätyö kirjastossa on hänelle yhtä mieluisa kuin on lukeminen ja kirjoittaminen kotona. Toiminta kirjallisuusyhdistyksissä sopii pirtaan.

Lähteet

Kai Laitinen: *Suomen kirjallisuuden historia.* 2. painos. Helsinki: Otava 1981.

Milla Peltonen: ”Jälkirealismi 1970-luvulla: realismi ja postmoderni(smi)n haasteet”. Päivi Lappalainen (toim.): *Uudessa valossa. Kirjoituksia realismin kysymyksestä.* Turku: Turun yliopisto 1998.

Pekka Tarkka: *Suomalaisia nykykirjailijoita.* 4. uudistettu laitos. Helsinki : Tammi 1989.

Työttömien ääni, ja kenen kaikkien?

Katriina Kajannes

Keijo Siekkinen kehottaa lehtihaastattelussa Aleksis Kiven päivänä 2008 ihmisiä valppauteen. Hän sanoo: "Tulee joskus mieleen, että jumankauta kun tämä alkaa muistuttaa niin kauheesti sitä tilannetta, kun Saksan vasemmisto luovutti vallan kansallissosialisteille vuonna 1933. " Siirtymä totalitaariseen järjestelmään voi olla yllättävän nopea, kirjailija varoittelee. Siihen ollaan jo matkalla hänen uusimmassa romaanissaan. Valtion valta ulottuu kaikkialle yhteiskuntaan, ja sen käyttely on näkyvää mutta ei läpinäkyvää. Sanelupolitiikka, mielipiteenmuokkaus ja ohjaileva tiedonvälitys estävät opposition nousun. Kun aika menee byrokraattien kanssa taistellessa, ei tule ottaneeksi kantaa kasvavaan eriarvoisuuteen. Sanan- ja ajatuksenvapaus on heiveröistä, ja asiat vyöryvät ihmisten yli kuin meren aallot.

Jäähyväiset rakkaudelle (2008) on kirja vallan tavoittelusta, käytöstä ja keskityksestä. Henkilöt ja puhujat ovat joko valtaeliittiä tai sen alamaisia. Demokratia on näennäistä, ja instituutiot ovat erilaisia julkisivultaan ja sisikunnaltaan. Ihmiset valetaan samaan muottiin, eikä massayhteiskunnassa ole tilaa vapaudelle. Kulttuurielämä on mekaanista, ja päättäjien esittämät innovaatiot ovat hölmöläisten peitonjatkamista.

Yhteiskuntakritiikki on romaanissa avointa ja rajua. Joku lukija voi kuitenkin jättää sen vähälle huomiolle. Hänellä on teoksessa reittejä valittavina ja maastoa kartoitettavana. Hän voi toimia kuten haluaa: erilaisia polkuja ja kompassi on kyllä tarjolla. Kirja on ainesten ja kertomatapojen runsaudensarvi.

Keijo Siekkinen hallitsee keinonsa. Taitavasti kirjoitettu romaani edellyttäisi taitavaa lukijaa, jotta maaston pienet yksityiskohdat erottuisivat ja samalla jäsentyisivät sekä metsä että puut. Kirjallisuuskritiikki – se vähä mitä sitä enää on – livahtaa usein aidan matalimmasta kohdasta, kuten romaanihenkilöinä esiintyvät kirjailijat huomaavat. Lukeminen vaatisi aikaa, taitoa ja oivallusta, ja niistä on tänään nuusa. Siekkistä kumminkin kannattaa lukea.

Pohdin artikkelissani työttömien ja muiden ääntä Siekkisen romaanissa. Teos on niin hyvä ja niin syvä, että pohdintaa jatkaisi mielellään pitempäänkin.

Keijo Siekkinen

Keijo Siekkinen on monipuolinen kirjallisuusmies. Jokunen hänen teoksistaan tunnetaan kahdessa asussa eli proosa- ja draamahahmossa, mutta muuten hänen kirjansa ovat keskenään hyvin erilaisia. Siekkisellä on satiiria ja ilottelua, ja kaikissa hänen teksteissään on kulttuurikritiikkiä ja kannanottoja yhteiskunnan ongelmiin. Hänellä on proosassakin draamallisuutta: dialogi on iskevää, henkilöhahmot osuvasti piirrettyjä ja kerronta nopealiikkeistä. Draaman tajua Siekkisellä on vaikka muille jakaa...

Siekkinen purkaa suuria kertomuksia ja kutoo omiaan. Hän selittää maailmaa entraamalla sitä kirjoissa, tai oikeastaan antaa sen itse selittää itseään. Niissä ovat luupin alla ihminen, rakkaus ja kuolema, historia, kirjallisuus ja yhteiskunta. Pääoma ja seksi seikkailevat hänen proosassaan satiirin ja mustan huumorin saattelemina. Kirjailija näyttää, että bisnes on tunkeutunut joka läpeen. Hän kertoo, mikä on eri instituutioissa pelin henki ja politiikka, ja mitä kaikkea jatkuva kasvu ahmii kitaansa. Siekkisen tunnetuimpia romaaneja ovat *Kuusitoistamiehinen pyramidi*, *Äidin hauta* ja *Jäähyväiset rakkaudelle*.

Jäähyväiset rakkaudelle noudattelee vastarinnan estetiikkaa. Teos edustaa myönteistä, uuttaluovaa resistanssia. Luennassa voivat olla taustana Gadamerin tradition ja ymmärtämisen käsitteet. Gadamer lausui hermeneutiikkansa pohjaksi ajatuksen, joka on lähtökohtana vastarinnan semiotiikalle: ymmärtäminen on toisin ymmärtämistä. Käyttökelpoinen on myös Foucault ja hänen ajatelmansa, että vastarinta tulee aina ensin. Hyvän avaimen Siekkisen radikaaliin ajatteluun ja proosailmaisuun tarjoaa Hannah Arendt, myötätunnon ja yhteistyön filosofi, joka erittelee myös totalitarismia. – Näillä lukusilla en kuitenkaan mene pitkälle tuohon suuntaan.

Lyhyessäkin romaanin tulkinnassa tulee pakosta esille, miten seksi ja pääoma pyörittävät ihmistä ja maailmaa Siekkisen kirjassa.

Lauseita, nimiä ja lukijoita

Syyskuussa 2008 Keijo Siekkinen kertoi yleisötilaisuudessa Vaajakoskella muiden aiheiden lomassa *Jäähyväiset rakkaudelle* -romaanin synnystä. Hän mainitsi etsineensä virkettä, jollaisella voisi kertoa nyky-yhteiskunnasta. Hän lausui: ”Lauseet ovat kuin meriviittoja väylille, lukija saa sitten liikkua siellä vapaasti. ”

Siekkinen päätyi romaanissa mutkattomiin ja melko lyhyisiin lauseisiin. Siinä puretaan ilmaisun kliseitä. Ihmisten puhe on yleensä välitöntä ja värikästä, vallanpitäjien ja median kielenkäyttöä romaani kritisoi falskina vaikuttamisena ja epäreiluna vallankäyttönä. Pyrkyrit apureineen sanovat toista ja tekevät toista, ja heidän käytössään käsitteet kovertuvat ontoiksi.

Rupattelu ja vapaa assosiaatio sujuttelevat asioita eteenpäin. Puhe virtaa ja maailma virtaa, mutta kertoja viihtyy kuurupiilosilla. Hän esiintyy pelkkänä tapahtumien näyttäjänä ja peittelee kertojan työtään.

Päällimmäisenä on jutustelu, mutta kenen. Henkilöitten puheita ei useinkaan eroteta kertojan osuudesta, dialogi ja muu teksti liukuvat toisiinsa ja juttu luistaa. Henkilöiden ajattelua ja puhetta imeytyy kertojan esittämiin jaksoihin. Kertojat ja ihmiset monentuvat ja samastuvat kirjassa.

Mutkattoman näköisiin lauseisiin mahtuu paradoksia jos jonkinlaista, väitettä ja vastaväitettä. Venkoilevaa ristiriitaa, epäjohdonmukaisuutta ja piilomerkitysten piilomerkityksiä piisaa. Värikäs, hauska ja pikkurivo juttelu pitää lukijan hyvällä mielellä ja lukuhaluisena. Seksi hallitsee fiktiivistä maailmaa ja kerrontaa enemmän kuin ensi silmäyksellä huomaisi.

Kun lausetta vähän raaputtaa, pinnan alta löytyy kova ydin – niin kuin kujilla ja tantereilla ihmisen kertoillessa tarinaansa. Leppoisuus hämää: *Jäähyväiset rakkaudelle* puhuu myös totisesti ja ankarista asioista. Useita kirjallisuuden lajiperinteitä parodioivana se sisältää myös tragiikkaa: kudelmassa on mustia tragedian ja balladin rantuja. Aiheet ja ainekset ovat samat kuin klassisessa murhenäytelmässä: rakkaus ja kuolema, kertautuva kosto, päättymätön julmuus ja historian kierto. Traaginen sankaruus tosin kiepsahtaa hetkessä koomiseksi antisankaruudeksi.

Luokittelijalle kirja ei ole helppo, eikä kai muillekaan. Romaanista on moneksi, eikä se tälläänny yhden kirjallisen lajityypin asuun. Paljon on ja monenlaista löytyy, myös hauskan ja letkeän fantasiaromaanin piirteitä, jos lukija niin haluaa. Itse asiassa teos kokonaisuutena on koko lailla postmodernistinen tai ainakin kallistuu sinne päin ytimekkäine ja monitahoisine dialogeineen sekä vyörytyksineen niin sanottua ympäröivää todellisuutta ja sen tekstejä kohti.

Kirja huokuu yhteiskunnallisuutta ja kriittisyyttä. Teos näyttää lukijalle yhteiskunnan rakenteellisen väkivallan ja ihmisten eriarvoisuuden. Kertojatkaan eivät ole keskenään yhdenvertaisia. Yksi heistä määrää kokonaisuudesta diktaattorina ja alistaa toisia, huomaamattomistakin. Hänellä on valta vaientaa toiset ja käyttää halutessaan itse megafonia. Romaani ottaa monipuolisesti kantaa kirjallisuuden ja muun yhteiskunnan suhteeseen ja kommentoi siinä sivussa proosaa ja sen tutkimusta.

Jäähyväiset rakkaudelle kommentoi keinoja, joilla ns. todellisuus tunkeutuu fiktioon. Samalla se laajentaa keinovalikoimaa, hyödyntää sitä tehokkaasti ja ironisoi sitä. Romaani mm. käyttää alaviitteitä vähän niin kuin historian- ja kirjallisuudentutkimus. Tarkkoja tietoja antavat alaviitteet selventävät kulloistakin aihetta vain näennäisesti. Itse asiassa ne hämäävät ja saattavat tutkimuksellisen otteen naurunalaiseksi. Välillä menevät puurot ja vellit sekaisin: leipätekstiin kuuluvia tietoja sirotellaan alaviitteisiin. – *Jäähyväiset rakkaudelle* kyseenalaistaa realismin, uusromantiikan ja osin myös postmodernismin kerrontaa, useita näinä kausina esiintyneitä aatteita ja myös tieteiden, kuten kirjallisuudentutkimuksen käytänteitä.

Romaani ei ole tiukkapipoinen vaan väljä ja huokoinen, moneen suuntaan avoin.

Se näkyisi jättävän lukijansa vapaalle jalalle. Voipi kumminkin olla, että kertoja vain antaa hänelle liekaa tarpeelliseksi katsomansa määrän ohjaillakseen näkymättömistä hänen taivallustaan. Mene tiedä, miten kaukaa viisaita ovat postmodernistiset (epä)luotettavat kertojat. Heidän kättensä kautta romaani joka tapauksessa luo kuvan myös lukijastaan, ja kuva kätkeytyy tekstiin niin kuin ainakin.

Tässä muutama esimerkki romaanin odottamista lukijoista ja siitä mitä teksti tarjoaa heidän ostoskoriinsa. Jyväskyläläinen etsii tuttuja ihmisiä, tienoita ja tapauksia, ja hän löytää niitä: oikeitten katujen, ravintoloitten, paikkojen ja ihmisten nimiä riittää. Hauskuutta hakevalle on naurun aihetta, olkoonpa se hauskoja sanomuksia ja käänteitä tai naurun remakkaa vallanpitäjien suuntaan. Pikkutuhmia sanontoja on niitä metsästävälle. Paatuneelle postmodernismin tuntijalle on ylen määrin poimittavaa. Viittaukset nyky-yhteiskuntaan ja eri kausien kirjallisuuteen vyöryvät esiin ja kietoutuvat toisiinsa. Siekkisen intertekstuaalisiin ja metafiktiivisiin koukkuihin tarttuu isoakin saalista: kirja ei suotta parittele Suomen ja muun maailman kirjallisuuden kanssa.

Kirjallisuus ujuttautuu Siekkisen tekstiin esimerkiksi propreissa ja henkilöissä. Monen nimi (ja tunnuspiirteet) ovat Joel Lehtosen proosasta, eivätkä Juhani Aho, Ilmari Kianto, Boris Pasternak, Mihail Bulgakov ja Ernest Hemingway kumppaneineen ole kaukana teoksesta. Yksi henkilöhahmo on kirjailija Keijo Siekkinen. Henkilövahvuutta ovat mm. työlliset, työttömät, professorit, poliitikot ja keskisuomalaiset, kuka heistä pysähtyvämmin, kuka ohimennen. Nimeltä mainittuja elävän elämän ihmisiä on sikin sokin fiktiosta nimen ottaneiden henkilöiden kanssa. – Tämä se helpottaa henkilökuvausta: henkilöitä ei tarvitse niin paljon kuvata, kun lukija tuntee heidät muualta: kaunokirjallisuudesta, kampukselta tai Kauppakadulta.

Osan korteistaan romaani paljastaa oitis, ja hyvä käsi sillä onkin. Nimi *Jäähyväiset rakkaudelle* viittaa Ernest Hemingwayn *Jäähyväisiin aseille* ja Joel Lehtosen *Jäähyväisiin Lintukodolle*, alaotsikko Nuoren Johanneksen tilinpäätös taas Mika Waltarin teokseen *Nuori Johannes*. Otsikko ja alaotsikko ovat ovi kirjaan: teos ottaa kantaa historiaan ja sotaan, kirjallisuuteen ja yhteiskuntaan sekä niiden tulkintoihin, se kertoo rakkaudesta, elon taistosta ja kuolemasta. Romaanin suhde otsikossa vihjattuihin teoksiin ei ole yksioikoinen. *Jäähyväiset rakkaudelle* ei silitä niitä pelkästään myötäkarvaan. Joel Lehtoseen se asennoituu koko lailla myötäsukaisesti, muihin ironisoiden ja virnistellen, itseironisestikin.

Sanat jäähyväiset ja tilinpäätös viestittävät jonkin päättymisestä henkilöitten (esim. kirjailija Siekkisen) elämässä ja kirjan kuvaamassa yhteiskunnassa. Idealismin ja leppoisan oleilun aika on lopussa. Ollaan naiivin idealismin ja eskapismin hautajaisissa. Samalla kuopataan oikeudenmukainen hyvinvointiyhteiskunta ja yksilön vapaus sun muu vapaus. Tilinpäätös kertoo rahavarat ja tilanteen; se ohjailee lukijaansa antamalla asioista sellaisen kuvan kuin haluaa tai on tarpeen.

Romaani ottaa kantaa maailman ja historian syklisyyteen tai lineaarisuuteen. Oikeastaan mikään ei pääty: asiat jatkuvat ja kertautuvat aina uusissa ihmisissä ja heidän puheissaan. Jäähyväiset menneisyydelle ja aseille eivät ole lopulliset, ja tilinpäätös antaa tietoa vain jonkin hetken tilanteesta.

Ääntä piisaa

Ääntä romaanissa riittää. Jopa henkilöt ovat Siekkisellä enemmänkin ääniä kuin karaktäärejä. He kyllä touhuavat kaikenlaista ja ovat sillä tavalla "oikeita", mutta toisaalta he muistuttavat antiikin draamanaamioita, joitten takana ja lävitse joku ja jokin puhuu.

Äänessä ovat keskisuomalaiset, joita joskus sanotaan hiljaisiksi. Keijo Siekkinen, Leo Kalervo ja Harri Tapper kysyvät ja vastaavat teoksissaan, artikkeleissaan ja haastattelussaan, onko keskisuomalainen vaitelias. Kalervo vastaa, että tämä voi vaieta mutta halutessaan saa myös hiljaisuuden puhumaan – hän ilmaisee asioita nasevasti ja osuu ytimeen leikin varjollakin. Tapperin keskisuomalaiset purkavat usein itseään reteästi. Siekkisen henkilöt ovat puheesta tehtyjä, kovia puhumaan itselleen ja toisille. Suunpieksännässä heidän maailmansa tulee nähtäville.

Äänessä ovat myös luuserit, syrjäytetyt. Muuallahan kaikuu yleensä päällimmäisenä voittajan ja vallanpitäjän määräily ja propaganda. On sitä nytkin, mutta kummana ja irvokkaana. Virkamies, päättäjä ja poliitikko toimivat ja käyttävät kieltä groteskin konemaisesti.

Siekkisen lukija tulee kysyneeksi, saako suomalainen ääntään kuuluville vai onko hänelle työnnetty luu kurkkuun. Vaientavatko kaiken muun viihde, urheilu, kampitus ja kilpa ja niiden kautta vallanpitäjät, media ja rahan kilinä. Entä kuka on äänessä jonkun puhuessa, kuka kertoo kenenkin kautta. Virkamiehet ja tiedemiehet ovat puhuvia nukkeja, vallanpitäjän megafoneja. Tavan tallaaja hiljenee heidän pakeillaan mutta ei muualla.

Retoriikkaa on romaanissa joka lähtöön, myös naurun ja pilkan retoriikkaa. Puhetapoja ja tekstityyppejä on lukuisia. Esillä vilahtelevat kirjeet, saarna, kasku, näytelmä, kaunokirjallisen teoksen käsikirjoitus, työvoimatoimiston lomake, byrokratia, julkinen debatti, sanomalehdet. Kielessä ja ilmaisutavoissa on jo kaikki, valtakin ja sen tavoittelu. Viestinnän ja viihteen kieli rakentuu kliseistä, ja siinä tunkevat esille ahneus, anastelu, pyrkyryys ja aseman tavoittelu.

Romaani kritisoi viestintää. Mediassa sekä tieteen ja taiteen siionissa käsitteet ja sisällöt ovat onttoja, puhujiksi nousee luurankoja. Konsensusvaatimus vallitsee, tiedotus on keskusjohtoista. Sallittujenkaan aiheitten avoin käsittely ei käy. Voiko ihminen ajatella siinä pinteessä, johon hänet on asetettu, tai ainakaan ajatella toisin? Ja joutumatta yhden jos toisenkin ahlqvistin pyssynpiipun eteen.

Ihmisen vapaus on rajallista romaanin kuvaamassa viestintäyhteiskunnassa, jossa sana ja kuva ohjailevat ja vangitsevat. Paljon ei voi ilmaista, kun käsitteet ovat kovertuneet ontoiksi. Konsensusvaatimus sitouttaa ja kahlitsee myös kielenkäytössä.

Romaanissa seuraillaan käsitysten syntyä ja kertautumista. Kertojat ja henkilöt paljastavat käsitykset itse teossa – sen miten ne luodaan, ja miten ajatuskaavat syntyvät. Ajatusta ja ilmaisua muokkaavat mainonta, tv-viihde ja lehtimiesten ja byrokraattien joutavanpäiväinen kirjoittelu.

Siekkinen näyttää, että instituutioissakin hallitaan retoriikalla. Ihminen on alamainen, huomasi hän sitä tai ei. Yksilön rahan- ja vallanalaisuus tulee pintaan instituutioissa, jotka ovat perimmälti toistensa kaltaisia. Ne liukuvat toistensa alueelle, korvautuvat toisillaan. Bisnes, uskonto, media, yliopisto ovat yhtä ja samaa. Niiden kieli lonksahtelee romaanin tekstivirrassa lyhyinä näytteinä.

Päällimmäisenä on toki ihmisen puhe ja kaikkea tulkitsevan kertojan, kertojien tulkinnat asioista. Lukija havaitsee kerrotussa ja kuvatussa tuttua ja outoa. Tuttuus syntyy siitäkin, että kerrottu muistuttaa itse nähtyä ja koettua. Fiktiivinen topografia on samankaltainen kuin oikean Jyväskylän rakenne. Outous syntyy kertojien ja henkilöiden poikkeuksellisesta tavasta yhdistellä eri aineksia. Äänet soivat välillä hyvin yhteen, välillä on tarkoituksellisia riitasointuja.

Ei siitä pääse mihinkään, että Siekkisen romaani on moniaineksinen, moniulotteinen ja moniääninen. Yksi ryhmä, joka avaa romaanissa suunsa, ovat työttömät. Heidän kauttaan puhuvat heitä isommat asiat. *Jäähyväiset rakkaudelle* ei ole romaani vain työstä ja työttömyydestä, vaan myös siitä, mistä työn yliarvostus kertoo ja mistä työttömyys on osa tai oire.

Työ ja työttömyys romaanissa Jäähyväiset rakkaudelle

Jäähyväiset rakkaudelle kuvaa ja kommentoi työtä ja työttömyyttä, niiden historiaa ja käsityksiä niistä. Työ ja työttömyys tulevat esille yhteiskunnan ilmiöinä ja ihmisen elämänpiirissä. Romaani kritisoi pintaan nousevaa yhteiskunnan mädännäisyyttä.

Siekkinen näyttää eri puolet työn moraalista ja työttömyyden moraalittomuudesta. Askar ja ahkeruus ovat välttämättömyys ja hyve, niiden puute on yksilön pahe ja vika. Asia ei toki ole uusi, vaan jo sananparret tuntevat sen. Kyllä kansa tietää. Ikiaikainen laukaalaisviisaus kertoo: Työ miehe kunnija. Isokyröläinen on oppinut: Ei tekövältä tyä lopu. Pohjois-Karjalassa ymmärretään: Työ ei ihmistä pahenna, vaan työttömyys. Rovaniemi sorvaa: Tikku laiskan kämmenessä, rakko työttömän käesä. Eno ja Ilomantsi panevat paremmaksi: Hellät on työttömän kätöset, rupi laiskan perseessä.

Työvoima on erään sanonnan mukaan (ollut) valtiovallan erityissuojelussa. Entä työttömät? Romaanissa he ovat päättäjien vallassa vaan ei suojelussa. Työttömyydestä tulee melko tavallinen olotila.

Helena Sirén analysoi työttömyysaiheista kaunokirjallisuutta. Niteessä *Romaanihenkilö vailla työtä: työttömyys suomalaisessa nykykirjallisuudessa* (Tampere 2008) on aineistona 25 romaania vuosilta 1992–2005 (mm. Kari Hotakaisen *Klassikko*, Arto Paasilinnan *Tuomiopäivän aurinko nousee;* omakustanteita aineistossa ei ole). Tutkimus on hyvä keskustelunavaus, ja siinä annetaan tiivistetysti lähtökohdat, käsitteet ja analyysi. Pulmallista on, että tutkija (omankin huomionsa mukaan) suhtautuu teoksiin kuin dokumentteihin.

Aineistossa tulee vastaan 1990-luvun talouslama, ja tutkija käyttää käsitettä lamayhteiskunta. Sirén lainaa käsitteen riskiyhteiskunta Ulrich Beckiltä, modernisaatioteoreetikolta. Riskiyhteiskunta ei pysty suojaamaan ihmistä uusilta ja yllättäviltä sosiaalisen elämän ja talouden uhkilta.

Työstä ja työttömyydestä puhutaan paljon romaanissa *Jäähyväiset rakkaudelle.* Henkilöt juttelevat, turisevat ja pohdiskelevat, mikä näyttää olevan pääasia heidän elämässään ja romaanissa, ja siinä sivussa he toilailevat, tekevät työtä ja ovat työttömiä. Työtä ihminen miettii vielä kuollessaan ja haluaa jättää lapsilleen perinnöksi seuraavan tiedon: "Ennen kuolemaansa isä sanoi Muttiselle: Tämä paina visusti kalloosi: Älä hurmaannu joutaviin. Älä kiihkoile. Pidä taiten varasi, että sinulla on työkalupakki ja aina pikkuisen rahanpaskaa. Ei tarvitse olla paljon, vähän riittää. Loppumaan älä päästä, sillä silloin miestä viedään eikä kysellä." – Tämähän on ironista, kun se sanotaan Aapeli Muttiselle, Keijo Siekkisen romaanihenkilölle. Mies esiintyy Lehtosen proosassa radikaalina, kirkkoa ja kapitalismia vastustavana kirjakauppiaana, joka tekee kirjallisuudella rahaa.

Työelämä ja työttömyys ovat romaanissa kolikon kaksi puolta. Työsuhteet ovat ns. epätyypillisiä, ja työttömyys on niiden kääntöpuoli. Joku tarvitsee työttömiä ja hyötyy heistä. Aihe on yhteydessä kaikkiin romaanissa oleviin merkitysjärjestelmiin. Työ ja työttömyys kytkeytyvät mm. seuraaviin asioihin: suomalaisuus, nyky-yhteiskunta, ihmisarvo, eriarvoisuus, raha, nälkä, valta ja seksi. Työttömyyden semiotiikka tulee romaanissa esille yhdessä kirjailijan työn semiotiikan kanssa; kirjailija on rajatapaus: hänestä on vaikea sanoa, onko hän työssä vai työtön.

Keijo Siekkinen kertoo artikkelissa "Työ ihmisarvon mittana" (1985), että hänen tuntemansa kirjailijat raatavat pitkiä päiviä, koska taiteilijoitakin riivaa tekemisen pakko. Siekkinen elollistaa työmoraalin kirjailijaakin jahtaavaksi suomalais-luterilaiseksi ajokoiraksi:

> Se kulki perässäni, selkäni takana ja räksytti tarttumaan työhön käsiksi. Se pyöri kintereillä kuin kunnon suomalainen etiäppäin pyrkivä poliitikko kotiryssänsä rappusilla ja yritti tökkiä minua liikkeelle, työhön, työhön ja uurastukseen. [- -]
>
> Se ajokoira siinä syntyi ja jäi rätkyttämään niin, että jos en ole jotakin tekevinäni, niin huono on omatunto. Hyvällä mielellä on koira silloin, kun on paperia paljon tullut tuhrituksi, hyvällä mielellä jos on saanut selkänsä kipeäksi tai jännetuppitulehduksen. Mutta jos yritän nauttia siitä mitä olen perinnöksi saanut, mahdollisuuden edes lyhyeen iloiseen laiskotteluun, ajatteluunkin jos mahdollista, niin jo vain on koira tuuppimassa ja hätyyttämässä työhön, oikeaan työhön.
>
> Tämä on tauti, mikä se muukaan on.

Työelämä on muuttunut romaanissa epäinhimilliseksi; meno, komento ja ihmissuhteet ovat ankaria. Kilpailu, pottuilu ja henkinen väkivalta rehottavat, työrauhaa ei ole. ”Kokousten merkityksellisyydestä nykyisellään en sanoisi sanan sanaa. Oikeastaan sen verran, että minun tulee hiukan sääli ihmisiä, jotka ennen saivat tehdä työnsä rauhassa ja jotka nykyisin aloittavat työnsä tiimipalavereilla ja päättävät päivänsä tulospalavereilla ja rientävät harrastustensa pariin istumaan kokouksia. Monet näistä ihanista ihmisistä päättävät päivänsä yksin ja itse. ”

Ammatteja on vilisemällä. Romaanissa esiintyy tai mainitaan kirjailijoita, tutkijoita, lavastaja, rakennusmiehiä, virkamiehiä, poliitikkoja, metsureita. Siekkinen osoittaa sen puristuksen, joka piinaa ihmistä kontrolliyhteiskunnassa. Työllinen ja työtön ovat yhdenvertaisia sikäli, että heitä valvotaan ahkerasti: esimiehet kyttäävät, tekevätkö alaiset tarpeeksi ja onko heillä passelit mielipiteet, ja työvoimaviranomaiset tarkastavat, että työttömät eivät hommaa duunia luvattomasti. Sosiaalinen valvonta on tehokasta ja nöyryyttävää.

Romaanihenkilö kertoo ”kirjoittavansa työvoimatoimiston paperiin päivän kohdalle kahdeksan kertaa työtön. Siihen ei saanut laittaa yhtäläisyysmerkkejä vaan jokaiseen tuntisarakkeeseen oli kirjoitettava: työtön. Jos tekee kirjoitusvirheen ja kirjoittaa vaikka: tötön, niin se ei kelpaa. Mutta mitä minä olen sen kuudentoista tunnin aikana, kun en ole kerta työtön kuin kahdeksan tuntia päivässä?”

Elämän pohja horjuu syrjäytetyltä, ja ihminen on päättäjien armoilla ja kohteena. Päätökset tehdään kaukana, hänen voimatta vaikuttaa niihin. Työ ja työttömyys ohjautuvat ulkoa päin. Erään henkilön työttömyys ja köyhyys esitetään ironisesti tuloksena hänen omasta valinnastaan: ”Siula lopetti kirjoittamisen ja rupesi köyhäksi.” ”Köyhäksi ryhtyminen ei ole yksinkertainen asia. Köyhäksi syntyminen taas on hyvin luonnollinen asia niille jotka eivät ole köyhiä ja niille jotka ovat köyhiä. Tässä suhteessa köyhäksi syntyminen on hyvin demokraattinen juttu.”

Itse asiassa Siula ei ryhdy vaan ajautuu tai ajetaan työttömäksi ja köyhäksi.

Ihmisarvon alentaminen saa ihmisen tuntemaan itsekin itsensä arvottomaksi. Syömishäiriö nivotaan romaanissa työttömyyteen: ”Mutta Siula heitti sikseen ja ryhtyi köyhäksi ja rupesi syömään jäitä.”

Yhteiskunta passivoi ja nöyryyttää työtöntä ja säätelee hänen elämäänsä. ”Kävin aamulla sossussa ja minua kehotettiin poimimaan puolukoita. [- -] Se nainen sanoi, että sillä olisi mulle ehkä työpaikka. Sillä oli niin kuin tiskin alla töitä jaossa. ” Työvoimatoimisto on vähän kuin mustapörssi. Tai kuin koko yhteiskunta, jossa vallitsee ovelimman oikeus. Puhe ammatinvalintaohjauksesta joutuu ironiseen valoon.

Ohjailijoita, määräilijöitä ja lokeroijia riittää. Byrokraatti, historioija ja tilinteon laatija viipaloivat asian kuin asian haluamiinsa osiin. Fiktiivisen maailman elävässä elämässä tapahtumilla ja ilmiöillä ei yleensä ole selkeitä alkuja eikä loppuja. Henkilö on sillä tavalla tapahtumien keskellä ja niihin kietoutuneena, että hän ei hahmota kokonaisuuksia eikä syitä. Hän ajelehtii hetkestä seuraavaan. Kirjailijahahmot tiedostavat asioita laajemmin, mutta he eivät saa ääntään kuuluville. Heillä ei ole toimintamahdollisuuksia: kritiikki on ymmärtämätöntä, rahoitusta on vaikeata saada ja vallanpitäjät vaikeuttavat vaarallisina pitämiensä kirjailijoiden touhuja.

Vallanpitäjät määräävät jokaiselle hänen paikkansa. Työttömät on eristetty muista, sanoisiko oikeista ihmisistä. He elävät getossa, jonka seinät ovat muille huomaamattomat, lasiset, ja heille itselleen todelliset, vankat muurit. He asuvat omissa kaupunginosissaan, ja he itse edistävät eristämistään muista. Silloinkin kun he pyrkivät vapautumaan, he sitovat itsensä gettoon. Vapautusta ei ole, ja missä olisikaan.

Romaanin tapahtumat sijoittuvat aikaan, jona työttömät alkavat järjestäytyä. Malli on muusta yhteiskunnasta –, niiltä, jotka hyötyvät aktiivisuudesta ja järjestötoiminnasta. Työttömiä, Sisyfoksia, eivät koske samat lainalaisuudet kuin oikeaa ihmistä. He yrittävät turhaan pitää puoliaan, mutta keinoja ei ole. He alkavat rakentaa työttömien keskuksia ja työttömien ruokaravintoloita. Ne ovat eräänlaisia gettojen toimintakeskuksia, joissa tehdään kuudennen luokan työtä kuudennen luokan palkalla. Ellei sitten ilman edestä.

Yhteiskunta ei kestä tietoa työttömien oloista ja kohtalosta, ja siksi se puolustautuu heitä vastaan hyökkäyksellä. Media ja vallanpitäjät tehtailevat työttömistä leimaavia ja yksipuolisia käsityksiä. Uutisointi ja lehtikirjoitukset salailevat ja puhuvat palturia. Propagandan synnyttämät käsitykset vahvistuvat, kun niitä ruokitaan. Lehdistön, viihteen, byrokratian ja kunnallispolitiikan puheenparsi antaa kuvan niissä vallitsevista arvoista, asenteista ja käsityksistä.

Tämä tuodaan esille viittauksenomaisesti:

> Alkuun lehdissä kirjoitettiin paljonkin siitä, ovatko ruokajonot ruokakeskuksen edessä yhteiskunnallisesti ajateltuna liika pitkiä. Antavatko liika pitkät ruokajonot vääränlaista signaalia maail-

malle Suomesta, ja voitaisiinko näitä jonoja lyhentää jollakin keinoin.

Väärinkäytöksiä epäiltiin sattuneen. Tutkivat journalistit laitettiin asialle.

Hallituksen taholta esitettiin jonkinlaisen ruuantarvitsemistarkastuselimen perustamista, koska jossakin Pieksämäen suunnalla tutkiva toimittaja oli tavoittanut kahta täyttä ruokakassia kantaneen miehen, joka oli sanonut viattomin silmin hakevansa ilman muuta ruokaa, jos sitä kerran ilmaiseksi tarjotaan. Asian teki kammottavaksi ja irvokkaaksi – toimittajan ilmaus – että mies lastasi ruokapussit autoonsa, joka oli BMW ja hyvässä maalissa, ei ruosteen pisaraa pelleissä näkynyt.

Tarkemmin kun tätä tapausta selvitettiin, tuli ilmi, että mies oli kuin olikin työtön, ja työttömällä sai olla vaikka suihkukone, koska saavutettuja etuja ei viedä, koska niitä ei ilmaiseksi tuotukaan.

Jyväskylän kaupunginvaltuutettu otti salissa puheeksi työttömien ruokaravintolan ja esitti kaupungin antaman tuen poistamista, koska ruokaravintola vääristi vapaata kilpailua.

Työn ja toimeentulon jako keskusteluttaa henkilöitä. Lehtimiehillä ja päättäjillä on asiasta samantapainen käsitys. ”[- -] jos työttömyyttä ei torjuttaisi kaikin mahdollisin keinoin, annettaisiin signaali, että järjellistä työtä ei yksinkertaisesti ole tarjolla eikä järjettömistä töistäkään ole kaikille jakaa, koska ne ovat niin hyvin palkattuja, ettei niistä nyt vain ole kaikille jakaa. ”

Vaihtoehdot ovat vähissä: ”Kerran Siula oli sanonut tai ihmetellyt näitä julkisia kirjoituksia ja debattia joka pyöri EU:n ruokaprojektin ympärillä. Pitäisikö sitten lopettaa syöminen kokonaan? ”

Työttömyys on romaanissa merkki, joka viittaa muihin merkkeihin. Se on esimerkki vääryydestä ja väkivallasta, jota on kaikkina kausina. Se on oire yhteiskunnan sairaudesta. Yhteiskunnan ja historian ydin on taistelu, sota, rakennettu vääryys.

Työttömyyden kautta romaani valottaa yhteiskuntaa ja sen kehitystä laajemmin. Työttömyys on yksi ilmentymä yhteiskunnan epäkohdista, joita on kaikkina aikoina –, ihmisten vasiten aiheuttamasta vääryydestä. Kuvattuna ajanjaksona hallitsevat väkivalta, itsekkyys ja tietämättömyys (niin kuin romaanin yhdessä subtekstissä, teoksessa *Saatana saapuu Moskovaan*). Voivat ne olla ikuisiakin. Kilpailu ja väkivalta riehuvat aina ja kaikkialla.

Siekkinen osoittaa historiaviittein, että sota on läsnä vuosisadasta toiseen. Hän runttaa antiikista periytyvän sankarikäsityksen – ajatuksen siitä että sotaan on ilman muuta mentävä ja että se on sankarillista. Suoraan tai välillisesti hän ottaa kantaa ihanteenmuodostukseen, jota Suomen kirjallisuudessa on J. L. Runebergista ja Sakari Topeliuksesta lähtien ja jo sitä ennen.

Etenkin loppupuolellaan teos punnitsee historiaa ja eri vuosisatoja. ”Väkivalta liikkuu kuin aave pitkin maailman ääriä ja putkahtaa esiin niin kuin virvatulet aamuhämäräisellä suolla.” ”Ja siinä väkivalta väkivaltaa etsii eikä soisi löytävänsä. Niin kuin siinä lastenlaulussa, jossa käärme nielee itse itsensä. ”

Henkilöistä Aapeli Muttinen on se, jonka kautta tulee esille kysymys historiasta ja suomalaisuudeta. Hänhän on sama mies jonka tunnemme Joel Lehtosen *Putkinotkosta*. Ja muualtakin. Hän ei ole vain leppoisa, lukenut mies, kirjakauppias joka on antelias maaseudulla asuvalle köyhälle omaiselleen ja tämän perheelle. Teoksen *Jäähyväiset rakkaudelle* lopussa kajahtaa ilmoille laukaus pahaenteisenä, ja Muttisella on oma aseensa jemmassa.

Muttinen esiintyy myös muissa Joel Lehtosen teoksissa, mm.

novellikokoelmassa *Kuolleet omenapuut*. Sen novelli ”Muttisen Aapeli sodassa eli lapsettoman Mannun kosto” on karu. Humaani kirjakauppias on keskellä veljessodan tyrskettä ja kysyy, sellaistako on Runebergin kansa, Topeliuksen kansa. Hän, rahvaan lapsi, pitää kuvitelmia ihanteellisesta kansasta vaarallisina. Sota ei sovi hänen idealismilleen, ja järkytyksiä seuraa hänen hermoromahduksensa.

Syklisyys ja jatkuminen

Romaanissa limittyvät mennyt ja nykyinen, yksityinen ja yleinen. Elämän syke on sitäkin, että pienessä tuntuu laajempi liike, asioitten kertautuminen maailmassa, elämässä, yhteiskunnassa. Asioilla ei ole alkua eikä loppua. Asiat jatkuvat, kertautuvat ja kietoutuvat toisiinsa aluttomasti ja loputtomasti. Taistelu jatkuu toisissa taisteluissa, sorto uudessa sorrossa.

Keijo Siekkinen kysäisee sitäkin, kenen ääni historiankirjoituksessa kuuluu –, ja sehän on voittajien ääni. Lukija joutuu setvimään, pystyykö menneisyys tai siitä luotu kuva manipuloimaan meitä. Mikse pystyisi? Ovat myytit ja käsitykset sen verran voimaperäisiä.

Dosentti Katriina Kajannes on opettanut yliopistossa kolme vuosikymmentä. Hän on tutkinut mm. modernismia ja postmodernismia, ja hänen mielenkiinnon kohteitaan ovat myös Keski-Suomen kirjallisuus, kognitiivinen kirjallisuudentutkimus ja semiotiikka. Katriina Kajannes on Keijo Siekkinen -seuran, Keski-suomen kulttuuriyhdistyksen, Suomen sanan ja Lassi Nummen seuran perustajapuheenjohtaja.

Lähteet

Ulrich Beck: "Työyhteiskunnan tuolle puolen." *Janus* 3/1995. Suom. Tuula Helne.

Joel Lehtonen: *Kuolleet omenapuut* (1918). Helsinki: Suomalaisen Kirjallisuuden Seura 1995.

Jarkko Mänttäri: "Keijo Siekkinen moittii vasemmistoa lepsuilusta." *Kansan Uutiset* 10.10.2008.

Keijo Siekkinen: "Työ ihmisarvon mittana." *Sosialistinen politiikka* 1/1985.

Helena Sirén: *Romaanihenkilö vailla työtä. Työttömyys suomalaisessa nykykirjallisuudessa.* Tampere: Tampereen yliopisto 2008.

II

KIRJAILIJA KERTOO KIRJOITTAMISENSA MOTIIVEISTA

Pauliina Vanhatalo

Haastattelin Keijo Siekkistä vuonna 2002 hänen kirjoittamisensa motiiveista ja motivaatiosta. Olin tuolloin tekemässä gradua aihepiiristä, ja Siekkinen lupautui ystävällisesti tarjoamaan teoreettiseen työhöni kirjailijan elävän näkökulman. Tapasimme Siekkisen kodissa, ja hän jutteli kirjoittamisensa taustoista rauhallisesti ja ajan kanssa. Kirjailija suhtautui hienosti siihenkin, että nauhurini patterit olivat huomaamattani loppuneet kesken haastattelun, ja jouduimme palaamaan hetkeksi kysymyksiin, joihin hän oli jo kertaalleen vastannut.

Graduni teoria-aineisto koostui useista vaihtoehtoisista motiivi- ja motivaatioteorioista, joiden kautta lähestyimme myös Keijo Siekkisen kirjoittamisen mahdollisia syitä. Aloitimme yleisestä kysymyksestä ”Miksi kirjoitatte?” ja etenimme täsmällisempiin mahdollisiin selityksiin. Kävimme läpi kirjoittamisen ulkoisia motivaatiotekijöitä, keskustelimme kirjoittamisen ja identiteetin välisestä suhteesta, ja päätimme haastattelun pohtimalla kirjoitusmotivaation ylläpitämisen haasteita sekä kirjoittamisen aiheuttamia elämän ristiriitatilanteita.[1]

1 Gradu on saatavilla verkkoaineistona: http://selene.lib.jyu.fi:8080/gradu/h/pavanha.pdf

"Jos mulla ei ois tarvetta kirjoittaa, mun ei tarvis kirjoittaa"

Keijo Siekkisen lapsuusympäristössä kirjoittamista ei erityisesti arvostettu, jos ei väheksyttykään. Lähipiirissä ei ollut kirjoittavia ihmisiä, kirjoittamisen malleja, jotka olisivat yllyttäneet aloittamaan kirjoittamisen. Tarinankertojia lähipiirissä kylläkin oli, vaikka Siekkinen epäili, oliko sekään tuolloin suuri kunnia. "Eikä mulla oo edes mielikuvaa, että arvostettiinko niitäkään", Siekkinen pohti. "Että ehkä niitä arvostettiin sillä tavalla, että niitä jaksettiin kuunnella." Aktiivisen kirjoittamisen Siekkinen kertoi aloittaneensa 15–16-vuotiaana. Motivaatio kirjoittaa vahvistui kouluajan kirjoittamista rakastavien ja rohkaisevien opettajien ansiosta.

Kysyin Siekkiseltä, vaikuttiko hänen kirjoittamismotivaatioonsa – kuten eräät motivaatioteoriat esittivät – halu suoriutua ja olla pätevä, kompensoida puutteita muilla elämänalueilla. Kirjailija vastasi, että taitavuus kirjoittamisessa antoi kenties alun alkaen mahdollisuuden korvata musikaalisuuden puutetta muutoin musikaalisessa perheessä, mutta hän piti vaikutusta kaiken kaikkiaan kuitenkin vähäisenä eikä hahmottanut sitä nykyisessä kirjoittamisessaan enää lainkaan. Siekkinen kertoi selittäneensä joskus aikaisemmin kirjoittamiseen johtavia syitä sosiaalisen nousun mahdollisuudella. Haastattelun aikana hän tuntui jo pitävän selitystä paremminkin opittuna kuin omakohtaisena. "Joskus aikoinaan --- selittäny sitä ja selittäny tavallaan sen kautta sen kautta, mitä on --- kuullu selitettävän elikkä semmosia vanhoja jippoja, esimerkis että kirjoittaminen on lähtenyt liikkeelle siitä, että siinä on niinku tämmönen sosiaalisen nousun mahdollisuus --- koska oli lukenu jostakin --- että tällä tavalla se on."

Keijo Siekkinen kirjoitti alusta asti hyvin määrätietoisesti tavoitteenaan tekstien julkaiseminen. Julkaisutavoitteen taustalla Siekkinen näki itsenäisyyspyrkimyksen. Kun itsenäisyys oli saavutettu, Siekkinen ei enää kokenut, että hänen olisi täytynyt lunastaa paikkansa, kehunsa tai autonomiansa uudelleen. Haastattelun aikaan hän näki julkaisutavoitteen merkityksen vähentyneen ja piti syynä siihen paitsi saavutettua tunnustusta ja asemaa, myös kustannusalan suuntauksia, joihin hän ei ollut kiinnostunut osallistumaan.

Keskustellessamme rahasta kirjoittamisen motiivina Siekkinen näki sen enemmän välineenä kuin päämääränä. Kirjoittaminen oli kyllä myös ammatti ja keino tulla toimeen, mutta "rahakirjoittamisen" merkitys syntyi ennen kaikkea siitä, että se teki mahdolliseksi omaehtoisen kirjoittamisen. "Jos rahaa haluaa, pitää kirjoittaa näytelmiä", Siekkinen totesi eikä pitänyt toimeentulon hankkimista ainakaan omalla kohdallaan riittävänä kirjoittamisen motiivina. "Periaatteessa mulla ois niinku olosuhteet semmoset, että jos mulla ei ois tarvetta kirjoittaa, niin mun ei tarvis kirjoittaa, ja tota, kuitenkin kirjoitan."

Sosiaalista arvostusta, kompensaatiota, rahaa ja mainetta kirjoittamisen motiiveina Siekkinen piti siis vähäisinä. Suoriutumisen ja onnistumisen halu vaikutti hänen mielestään kirjoittamisen taustalla enemmän. "Jos toista kautta lähtee siihen sitä että minkälaisen pettymyksen, taikka minkälainen pettymyksen tunne on, jos joku homma menee niin sanotusti persiilleen, että sitä ei saa, että se hajoaa käsiin, niin se pettymys on aika iso. --- Siinä on niinku kauhu, se on kauhua, ei ole edes pettymystä." Vastaavasti onnistuessaan kirjoittamaan ihminen voi tuntea itsensä lähes kaikkivoipaiseksi, tuntea hallitsevansa kaiken.

"Minä olen kirjoitus ja kirjoitus olen minä"

Käsittelimme haastattelun aikana myös suosittua selitystä traumoista kirjallisuuden synnyttäjinä. Traumat voivat Siekkisen mukaan olla kirjoittamisen käyttöainesta, mutta myös sen motiivi – ne voivat pitää yllä kirjoittamisen vimmaa. Kovin hyvänä terapiana Siekkinen ei kirjoittamista silti pitänyt. Sairaskertomukset kirjoitetaan yleensä vasta parantumisen jälkeen. Siekkinen ei kuitenkaan sulkenut pois kirjoittamisen välineellistä merkitystä mielenhallinnassa ja viittasi tässäkin yhteydessä kirjallisten epäonnistumisten tuhoisaan vaikutukseen. ”Kyllähän se silloin tarkoittaa toisinpäin, että sillä ehkä saa ittensä kokonaiseksi.”

Ristiriidan kokemuksia Siekkinen löysi lähes kaikkien teostensa alkuvaiheista. Nämä ristiriidat voivat syntyä omien elämänvaiheiden ongelmista tai yhteiskunnallisista ongelmista, ja kirjoittaminen voi olla tapa ratkaista niitä. Tiedolliset pyrkimykset liittyivät Siekkisen puheissa ”maailman verhoihin” ja niiden ohittamiseen. Kirjoittamisen kautta saattoi hänen mukaansa kokea voimakkaan onnistumisen elämyksen kyettyään ”ohittamaan tämän maailman verhoja, menemään verhojen läpi --- niin jotka on rakennettuja verhoja”. Kirjoittaminen on tapa järjestää tietoa uudelleen ja poistaa siitä kuona. Kirjoittaminen auttoi kirjailijan mukaan myös ajattelemaan paremmin, koska kirjoittaessa ajatukset täytyy käsitellä tarkemmin, tarkastella niitä huolellisemmin.

Siekkinen piti kirjoittamista hyvänä välineenä oman itsen toteuttamiseen. Hän arveli, että lähes kaikissa ammateissa voi pyrkiä itsen toteuttamiseen, mutta että kirjoittaminen antoi kuitenkin erityisellä tavalla ”vapauksia ja mahollisuuksia, että siinä voi toteuttaa monia puolia itsestään”. Kysymykseen siitä, antaako kirjoittaminen tietoa siitä, kuka kirjoittaja on, Siekkinen vastasi aluksi: ”Mää luulen, että sitä kysymystä, että kuka minä oikein olen, niin sitä kysyy vielä, jos on tajuissaan, niin sitä kysyy ihan loppuun asti.” Siekkinen myönsi kuitenkin, että kirjoittamalla saattoi päästä lähemmäksi vastausta, koska kirjoittamalla pystyi käsittelemään ”valveilla ollen sellaisia asioita, jotka liittyy ihmiseen, maailmaan ja sen välisiin suhteisiin.”

Kirjoittamisen merkitystä osana omaa identiteettiään Siekkinen piti hyvin suurena: ”Kyllä se ilmeisesti on niin, että minä olen kirjoitus ja kirjoitus olen minä.” Kokemukset epäonnistumisista ovat raskaita myös siksi, että kirjoittaja on niin sitoutunut kirjoittamiseensa, että kun se ei suju, kirjoittajan ”minuus on vaarassa”.

Kirjailijan identiteettiä Siekkinen ei toisaalta nähnyt koskaan tavoitelleensa. Tähän vaikutti hänen mukaansa kirjailijan mallin puuttuminen ja jopa ammattiin kohdistuva epäluulo.

"Mä oon ikäänkuin hullaantunut kieleen"

Siekkinen kertoi, että luova tila oli hänelle hyvin palkitseva. Kirjoittaminen tuottaa iloa, ja tämä ilo oli Siekkiselle hyvin tärkeä syy kirjoittaa. Ilon taustatekijöinä Siekkinen piti onnistumisen elämystä, mutta myös suurempaa minuuden kokemusta ja sitä, että kirjoituksen kanssa seurustelu, dialogi tekstin kanssa tuottaa mielihyvää. Kirjoittamisen kautta saatuja kokemuksia Siekkinen piti aitoina ja vahvoina, muttei pitänyt niitä varsinaisesti kirjoittamisen syinä – hän koki saavansa näitä elämyksiä muutenkin. Kokemuksellisuus oli silti vahva tekijä kirjoittamisen motivaation ylläpitämisessä. "Romaani on elettävä läpi", Siekkinen linjasi. "Ne on ne ihmiset ja tapahtumat --- käytävä läpi samalla tavalla, kokemuksellisesti läpi. --- Niiden ihmisten kanssa saa seurustella ja riidellä ja kinastella ja käydä niitä ihan samoja tunteita läpi. Ja se pitää yllä sen (motivaation). Sitten jos se katoaa --- mielenkiinto lakkaa."

Omassa luovassa prosessissaan Siekkinen näki kaksi erilaista vaihetta, joista toinen on ns. päässä kirjoittaminen ja toinen kirjoittamalla kirjoittaminen. Näissä vaiheissa luova tila – ja tilan palkitsevuus – on erilainen. "Ei-kirjoittamalla-kirjoittamisessa on palkitsevaa se --- se on niinku päättymättömän seurustelun ja --- luomisen ja kuhertelun --- tila. --- Se on vapaampi, koska se antaa ulokkeita, ja siellä voi tehdä niitä polkuja. --- Sillä ei ole niin määrätietosesti jotakin tavoitetta. Ja sitten se kirjoittamalla kirjoittaminen on sitten semmonen päästäminen, että se on irtaantumisen vaihe. --- Se on tavoitteellinen. Elikkä siinä päästetään irti, ja siinä lyödään asia lukkoon, tätä polkua ei ravata enää. Elämyksellisesti poikkeaa aika tavalla toisistaan."

Vahvaksi kirjoittamista motivoivaksi tekijäksi Keijo Siekkinen nosti rakkauden kieleen. Juuri tämän innostuksen vaikutuksesta hän koki aloittaneensa kirjoittamisen, ja sitä hän piti edelleen yhtenä tärkeimmistä kirjoittamisen syistä. ”Mä olen ikäänkuin hullaantunut kieleen, kun olen oppinut puhumaan --- hullaantunut siihen mahdollisuuteen, että kielen avulla voi luoda ja rakentaa maailmoita --- kertoa esimerkiksi tarinoita. --- Yksi tapa mikä minulle tuottaa aina uudelleen sitä riemastusta --- että kuinka pienellä asialla --- lause on semmonen jo kappaleena niin jännittävä, että kun se pikkusen se lause muuttuu, niin koko merkitys lähtee räjähtämään. --- Se hakee merkityksiä.” Kirjoittamisen ja sen luomien yllättävien merkitysten kautta kirjoittaja voi kokea asiat uudella tavalla, erilaisesta näkökulmasta. Hyvä lause yllättää kirjoittajankin. ”Sää yrität puhua, kirjoittaa hevosista, niin sää huomaat puhuvas jostain aivan muusta. Ja se on se --- kielen viehättävyys.”

Siekkinen tunnustautui esteetikoksi. ”Se on niinku semmonen ehdoton vaatimus, että mulla on semmonen kauneusarvo, että lauseen täytyy olla sillä tavalla kaunis, että se laulaa. Ilmottaapa se sitten mitä asiaa tahansa. Ja että romaanilla pitää olla kaunis rakenne.”

”Ratkasunteossa kirjoittaminen on valittu”

Pohtiessamme kirjoittamisen yhteiskunnallisia syitä Siekkinen kertoi kasvaneensa vähitellen ymmärtämään taiteen ja yhteiskunnan, kirjoittamisen ja vallan läheistä suhdetta. Saadessaan tekstejä julki kirjailija käyttää valtaa. Myös vallanpitäjät ovat kiinnostuneita taiteesta ja siitä, mitä sen sisällä viestitään. Julkaistavien tekstien kirjoittamisen motiiveja, tavoitteita ja kirjallisuuden tehtävää vartioivat kustannustoimittajat, joita Siekkinen kutsui ”tapatoimittajiksi”. Nämä tapatoimittajat tarkkailevat yleistä ilmapiiriä ja pyrkivät pitämään yllä korrektia kirjoittamisen tapaa. Siekkinen hahmotti kuitenkin jo tuolloin kirjallisessa kulttuurissa muutoksia, joita tekstien monistamisen helppous oli saanut aikaan. Marginaaliryhmät saivat helpommin äänensä kuuluviin, ainakin marginaalin piirissä.

Siekkisen kirjoittamista ohjasikin myös viestinnällinen tavoite. Tasavertaisen lukijan olemassaolo oli hänelle merkittävä syy kirjoittaa. Siekkinen ei halunnut vaikuttaa lukijaan, varsinkaan herättää hänessä tunteita tai manipuloida häntä. Vaikuttamista tärkeämpi kirjoittamisen syy oli halu tulla kuulluksi ja ehkä ymmärretyksikin. Vaikuttamispyrkimyksen vahvuus saattoi tosin vaihdella teoksesta toiseen. Siekkinen ei tunnustanut pitävänsä tendenssikirjallisuudesta, mutta teokseensa *Betoniraudoittaja Eino Helminen* (1974) hän kertoi valinneensa henkilön, jonka ideologia ei ollut valtasuuntausten mukainen, mutta joka oli romaanissa keskeinen ja kunnioitettava henkilöhahmo. Tällaisten teoskohtaisten tavoitteiden ohitse Siekkinen näki kirjoitustavoitteensa eräänlaisena kaarena, joka kattoi koko tuotannon. Teokset syntyivät kommentaareina edellisiin teoksiin ja kävivät dialogia keskenään.

Kirjoittamisen motivaation varjopuolia, motivaation ja itseluottamuksen puutetta, sivusimme niitäkin haastattelussa jonkin verran. Erityisen vaikeana Siekkinen koki aloittaa uudelleen, mikäli edellinen käsikirjoitusprosessi ei ole löytänyt onnelliseen päätökseen. Raskasta kokemusta ei mielellään toistaisi. ”Semmosia lähtö-, semmosia alkuun lähtemisen ongelmia taikka siis semmosia vaikeuksia niin niitä on ollu.” Motivaatiovaikeuksia Siekkinen ratkoi lähinnä odottelemalla, että kirjoittamisen tahto palaa. Hän ei pakottanut itseään kirjoittamaan, jos siihen ei löytynyt innostusta.

Ja vaikka kirjoittaminen voi olla väline ristiriitojen ratkaisemiseen, se voi myös aiheuttaa niitä. Kirjoittamisen tavoitteet ja muut elämän tavoitteet eivät aina kohtaa. ”Kirjoittaminen on kuitenkin sikäli sisäsiittosta työtä, että se syö, jonkun verran se syö sitä ympäristöä ja ympärillä olevia asioita”, Siekkinen kertoi. ”Niin kyllä se niitä ristiriitatilanteita tuottaa.” Tarkastellessaan elämänhistoriaansa Siekkinen totesi, että halu kirjoittaa oli yleensä mennyt muiden tavoitteiden edelle. "Kirjoittaminen on kuitenkin valittu", Siekkinen tiivisti. "Ratkasunteossa kirjoittaminen on valittu."

Pauliina Vanhatalo (s.1979) on oululaistunut kirjailija. Hän on opiskellut Jyväskylän yliopistossa ja valmistunut filosofian maisteriksi kirjallisuuden luovan kirjoittamisen linjalta vuonna 1999. Vanhatalon viimeisimpiä teoksia ovat suomalaista oikeuslaitosta tutkinut romaani Korvaamaton (Tammi 2012) sekä Veera Vaahteran taiteilijanimellä julkaistut chick lit -kirjat Onnellisesti eksyksissä (Tammi 2012) ja Rakkautta, vahingossa (Tammi 2013).

Miten minusta tuli fiktiivinen henkilö?

Kaija Olin-Arvola

Tapasin Keijo Siekkisen Jyväskylän Talvessa vuonna sirppi ja vasara. Opiskelin silloin Moskovassa. Kun Keijon romaani *Reinon veljenpoika* ilmestyi, minulle kerrottiin, että esiinnyn siinä nimellä Koittolan Kaija. Pitihän asiasta ottaa selvä. Olin ollut Keijon kanssa Jyväskylän tapaamisen jälkeen jonkin aikaa kirjeenvaihdossa, mutta olimme lopettaneet, koska Keijon vaimo ei pitänyt siitä.

Hankin tietysti romaanin ja siinä se oli: ”Moskovasta on mukana Koittolan pariskunta ja Koittolan Kari vaikuttaa varsinaiselta älypäältä ja hänen vaimonsa jotenkin runolliselta.” ”Koittolan Kaija kertoo minulle jotakin koko illan ja me aloitamme kirjeenvaihdon ja minä salaan sen Sinikalta niin kauan kuin kykenen ja kun se sitten paljastuu, niin en osaa selittää mitään, eikä Sinikka usko vaikka yritän sanoa, että kirjeitse on mahdoton harrastaa ulkoaviollisia suhteita.” Näin se suunnilleen kai meni.

Ja tarina jatkuu:

Koittolan Kaijan kanssa vaihdamme kirjeitä ja minusta tuntuu, että olen tavoittamassa jotakin ystävyyttä, jota en ole naisen kanssa ennen tavoittanut, ja seitsemänkymmentäkaksi syksyllä Kaija kirjoittaa, että Peltiseppä on joutunut putkaan heiluttuaan ja häirittyään Kremlin vahdinvaihtajia keskellä yötä. ”Pena on putkassa ja me istuimme tänään kirkon portailla ja joimme viiniä ja lauloimme kunniaksi jeesuksen. En tiedä, kirjoittaako Pena tästä sinulle mutta näin on käynyt. Pena on masentunut ja pettynyt."

Kirje on fiktiivinen, vaikka muutaman kerran joinkin viiniä moskovalaisen rauniokirkon rappusilla jossain kaupungin laidalla.

[- -] seitsemänkymmentäkaksi syksyllä Sinikka kerää postia aamulla ja löytää Kaijan lähettämän kirjeen ja alkaa penkoa laatikoitani ja löytää koko kirjeenvaihdon ja läväyttää kirjenipun pöydälle, kun tulen töistä. "Saatanan lurjus. Sinä olet pimittänyt minulta kaiken. Miten selität?" "Se on vaikeaa mutta siinä ei ole kyllä mitään sellaista mitä sinä luulet." "Ei tietenkään. Te vain kirjoittelette toisillenne henkeviä ja keskustelette maailmanvallankumouksen tilanteesta. Nyt riittää!" [- -]
Sinikka alkaa jyngertää mieltäni ja ahdistaa kirjeistä ja kirjeiden kirjoittaminen jää ja jäljelle kaihea muisto, [- -].

Vasta junassa lähtiessäni pois Moskovasta Italiaan tajuan, että Keijolta saamani kirjeet ovat jääneet kirjoituspöytäni alimmaiseen laatikkoon. Niistäkään ei ole jäljellä muuta kuin kaihea muisto.

Kun *Reinon veljenpoika* ilmestyi, ostin kirjan ja luin. Lähetin Keijolle kortin, missä kiitin häntä siitä, että on mukava olla välillä hyvissäkin kirjoissa. Olin varma siitä, että Koittolan Kaija olin minä itse, eikä kukaan muu.

Kun ihminen vanhenee, hän viisastuu. Nyt tiedän, että Siekkisen Keijon kirja muutti minut fiktiiviseksi henkilöksi.

Asian selkeyttämiseksi lainaan tähän Matti Suurpään analyysia Isaac Babelin novellista "Viiva ja väri", jossa kerrotaan novellin minän kahdesta tapaamisesta Aleksander Kerenskin kanssa.

’Viiva ja väri’ on siis joiltakin osin totta, kertoo verifioitavista asioista. Mitä tämän tietäminen tekee novellille? Muuttuuko novelli, jos se paljastuu tositarinaksi? Muuttuuko novelli lukijan mielessä, kun sen fiktiivisyyden määrä vähenee? En etsi tosiolevaista, mutta impressionismin rinteiltä katsottuna näyttää siltä, että kyllä muuttuu, saa uusia merkityksiä. Verifioitavuus on tekstin taso, yksi taso lisää. Hyvässä tekstissä on todentuntua niin paljon, materiaalintuntua, että se ongelmitta kestää toistettavan aineiston mukanaolon. Materiaalintunnusta ja todentunnusta puhuminen on tietysti metaforista puhetta, ja monesti vaikuttaa siltä, että todentunnulla tarkoitetaan vain ennustettavuutta, niin kuin scarlattilais-haydniläinen yllättely ei olisi totta. Babelin novelli on totta, oli se sitä tai ei. Siihen uskoo.

Mitä minä muistan Keijo Siekkisestä?

Nyt kun olen tehnyt selvän fiktiivisestä minästäni, voin laittaa liikkeelle minäkertojan, jonka minusta vaivoin erottavat vaatteet, tuskin iho. Tapasin Keijon jyväskyläläisessä ravintolassa ja ihastuin kirjailijaan päätä pahkaa niin kuin ihastutaan mieheen, joka pelaa taitavaa jalkapeliä pöydän alla ja jaksaa silmiin katsoen kuunnella nousuhumalassa jaarittelevan naisen vuodatuksia. Emme tanssineet, vaikka muut tanssivat.

Valomerkin jälkeen palaan hotelliin fiktiivisen henkilön, Koittolan Karin kanssa. Kari on ravintolassa kertonut ”sedästään, joka on vanha kunnon fasisti ja nukkuu vieläkin pistooli tyynyn alla ja ampuisi Karin, jos tämä uskaltaisi mennä taloon, jonne hänellä ei ole mitään asiaa.” Jossain käytävän mutkassa jään kahden Keijon kanssa. Minulla olisi ollut mahdollisuus ja halu karata, mutta rohkeus ei riitä. Sovimme kirjeenvaihdosta ja minä menen kiltisti nukkumaan.

Kun saan ensimmäisen kirjeen Moskovaan, olen iloinen ja yllättynyt. En olisi uskonut. Vastaan kirjeeseen, mutta en muista, mitä kirjoitin. Muutaman kirjeen vaihdamme ja minä lähetän viimeisen kirjeen mukana Keijolle Pablo Nerudan runon, joka kuvaa sen hetkisiä tuntojani ja Moskovan tuottamaa pettymystä:

Kuin maissi varisi ihmisolento hukkatöiden
ja viheliäisten sattumusten tyhjentymättömään laariin,
yhdestä aina seitsemään, kahdeksaan,
eikä vain kuolema vaan monta kuolemaa osui jokaiselle:
joka päivä pieni kuolema, tomu, toukka, lamppu
joka sammuu laitakaupungin liejuun, pieni
vahvasiipinen kuolema
painui jokaiseen ihmiseen kuin lyhyt keihäs
ja milloin leivän, milloin veitsien piirittämä oli ihminen,
karjankaitsija: satamien perillinen, tai aurankurjen
synkeä kapteeni,
tai sakeitten katujen nakertaja:
kaikki tuupertuivat kuolemaa odottaen, lyhyttä
päivittäistä kuolemaansa:
ja heidän jokapäiväinen murhaava uupumuksensa oli
kuin musta pikari jonka he vavisten tyhjensivät.

Sitä seuraavassa kirjeessä Keijo kertoo kirjeenvaihdon lopettamisesta ja toivottaa minulle onnea ja voimia niiden tunteiden selvittämisessä, jotka Nerudan runo hänelle välitti. Olin murheellinen, mutta elämä jatkui niin kuin pettyneen ihmisen on tapana kuitata.

Seuraavan kerran tapaan Keijon uudelleen Jyväskylässä jossain riemukkaassa illassa, missä Kari Arvola järjestää näytöksen, jonka tarkoitus on havainnollistaa kuunsirpin asentoa kämmenkopuralla, jotta siitä voisi päätellä, onko kyseessä uusi vai vanha kuu. Jos vasemman käden koukistunut kämmen viittaa oikealle, on syntynyt uusi kuu. Vanha kuun sirppiä tavoitellaan oikealla kädellä, joka näyttää vasemmalle. Tai sitten asia on päinvastoin. Nauru asian ympärillä muuttuu koko ajan hyseerisemmäksi ja hysteerisemmäksi. Käynnissä on selvä kilpalaulanta, jonka päättyessä minä löydän itseni pöydän alta.

Kun vihdoin olen kotiutunut maailmalta Suomeen huomaan *Kansan Uutisissa* Keijo Siekkisen kolumnit ja luen niistä jokaisen. Mieleeni on jäänyt erityisesti juttu, jossa hän kertoo, mitä tekisi ydinsodan syttyessä. Hän veisi rakkaansa metsään ja siellä he painaisivat kaikki kasvonsa sammaleisiin. Kuva on voimakas. Toisessa kolumnissa hän ihmettelee, miten tärkeät miehet ehtivät samana päivänä niin paljon kaikenlaista: miten he ehtivät aamulenkille ja lounaille ja töihin ja harrastuksiin ja kokouksiin ja vaikka mihin, kun häneltä itseltään menee pelkästään katiskan kokemiseen puoli päivää.

Kaikki Keijon kirjat olen lukenut, jotkut useampaan kertaan. Koskettavin niistä oli *Äidin hauta*. Johtuen ehkä siitä, että romaanin ilmestyessä myös oma äitini oli juuri kuollut. Tunnistin tekstissä omat tunteeni. Keijo kirjoittaa:

> Kasvosi eivät olleet nukkuvan äidin kasvot. Ja silloin minä tunsin ilon. Olin pelännyt sairaalaan tullessani että sinulle olisi tuskainen ilme. [- -] Istuin ja katselin ruumistasi ja pelkäsin sitä iloa. [- -] katselin elvytysputkea joka oli jätetty kiinni teipattuna suuhusi ja minusta tuntui huvittavalta jotenkin kaikki, niin asialliselta ja kiireiseltä ja ammattitaitoiselta. Olisin halunnut viedä sinut kotiin Tuohimutkaan. Siellä olisimme laittaneet sinut arkkuun mutta sitten tuli lääkäri ja selitti mitä sinulle oli tehty ja kun se ei vihjaissutkaan mitä sinulle nyt voitaisiin tehdä minä en rohjennut kysyä, voisiko sinut ottaa mukaan ja viedä kotiin. Sinnehän sinä olit menossa.

Tässä kohtaa nousee aina pala kurkkuun. Nytkin. Kun tätä kirjoitan, on yö ja sudentunti.

Melkein aina, kun näen meren, ajattelen Keijon lasta. Jossain hänen kirjoistaan lapsi sanoo pelkäävänsä merta ja rakastavansa sitä maalta. Minä en pelkää merta. Tunnen sitä kohtaan suurta kunnioitusta. Myös minä rakastan merta maalta. Meri on toinen nimeni.

Pari vuotta sitten löysin Keijon feissarista. Olemme vaihtaneet laiskasti kuulumisia ja tyytyneet vain harvakseltaan tökkimään toisiamme.

Mitä kirjailija itse ajattelee romaanihenkilöistään?

Keijo Siekkinen kirjoittaa *Äidin haudassa*:

Minä selitän näitä juttuja, sukulaisuuksia, koska et sinä enää tämmöisiä jaksa muistaa etkä ajatella, sinä alat olla atomeina siellä täällä ja käsität helpommin kvarkit ja leptonit ja heikon vuorovaikutuksen mutta niistä jutellaan myöhemmin, siellä Kaikkeuden Aineen Ruokintapaikalla jonne minä sinut opastan. Nyt poimin näitä ihmisiä niin kuin omenia puusta, tiputtelen pitkällä kepillä, jossa on pieni haarukka päässä, pistän oksan siihen haarukkaan ja ravistan omenat maahan. Enkä minä rupea näille ihmisille uusia nimiä keksimään, nämä vanhat nimet, jotka niille on annettu ovat jo riittävän hämäriä enkä jaksa uskoa että nimien taakse viitsii monikaan nähdä, useille riittäisi kun tekisin komean kuperkeikan ja sanoisin hilipatipippan. Ne uskoisivat nähneensä rupisammakoksi muuttuneen prinssin. Silloin kun sinä kuolit, käsiini sattui kirja, jossa käsiteltiin strukturalismia. Se on huono sana, et sinä sitä mitään käsitä ja se on muotia niin kuin minihame kuusikymmentäluvulla; Lehkosen Ansalla oli minihame vielä kuusikymmentäluvun lopulla mutta se tiesi että sillä on nätit jalat, ne lähtevät väljästi toisistaan erillään niin että siihen väliin jää vitulle hyvä tila; olisin voinut hyvin mennä naimisiin Ansan kanssa, rakastua siihen mutta sitten minä menin naimisiin Titan kanssa, rakastuin vaimooni. Siinä strukturalismia käsittelevässä kirjassa mainittiin muuan Borgesin teksti ja tässä Borgesin tekstissä mainitaan eräs kiinalainen tietosanakirja, jossa eläimet jaetaan a) keisarille kuuluviin, b) palsamoituihin, c) kesyihin, d) imeviin porsaisiin, e) merenneitoihin, f) taruolentoihin, g) irrallaan juokseviin koiriin, h) tähän luokitteluun kuuluviin, i) sellaisiin, jotka käyttäytyvät kuin mielipuolet, j) lukemattomiin, k) sellaisiin, jotka on maalattu kamelinnahalle ohuella siveltimellä, l) ynnä muihin, m) sellaisiin, jotka ovat katkaisset jalkansa, n) sellaisiin, jotka kaukaa näyttävät kärpäsiltä. En halua ylpistellä, miksi hitossa haluaisin, mutta päästyäni kirjassa tähän kohtaan, olin ymmärtävinäni aika kasan asioita, ja siitä pitäen olen pitäytynyt tässä luokituksessa ja tehnyt tarvittaessa uusia, koska jouduin hankkimaan itselleni silmälasit mutta ei tähän eikä mihinkään laajempaankaan luokitukseen kuulu ihmiset, joilla on jo nimi mutta joille annetaan uusi nimi, jotta heitä ei tunnistettaisi mutta että he itse tunnistaisivat itsensä.

Kaija Olin-Arvola (s. 1948 Sammatti) on runoilija-kiroilija Raaseporista. Hän on julkaissut runokokoelmia ja opintoaineistoja, työskennellyt toimittajana, kääntäjänä, kolumnistina ja tiedotussihteerinä. Hän on opiskellut sanataidetta Oriveden Opistossa ja suorittanut sanataiteen appron Jyväskylän yliopistossa. Yhdessä toimittaja Marja Hollin kanssa hän on kirjoittanut dekkarin Aika jättää (Myllylahti 2006). Nykyisin hän blokkaa Aamulehdessä ja polyfoninen sanataideteos Ihmelapsi valmistui juuri.

Lähteet

Pablo Neruda: *Andien mainingit. Runoja.* Suom. Pentti Saaritsa. Helsinki: Tammi 1972.

Keijo Siekkinen: *Reinon veljenpoika.* Jyväskylä: Gummerus 1978.

Keijo Siekkinen: *Äidin hauta.* Jyväskylä: Gummerus: 1985.

Matti Suurpää: *Kuljin missä kuljin.* Helsinki: Otava 2008.

Kohtaamisia

Risto Urrio

Muuten nukutti hyvin

– Mites nukutti uudessa nimikkopaikassa? kysyin Kalle Päätalolta Päätalo-instituutin avajaisjuhlan jälkeisenä aamuna talvella 1991. Sain yllättävän pitkän vastauksen.

– Muuten nukutti hyvin, mutta... Juhlan jälkeen olin väsynyt ja halusin pian nukkumaan, Päätalo aloitti veikeä ilme kasvoillaan. – Puolenyön aikaan heräsin koputukseen. Ovella seisoi kirjailija Siekkinen ja kysyi pillua. Sanoin, ettei minun huoneessa ole kyseistä kapinetta. Siekkinen pyyteli nöyrästi anteeksi ja poistui, sanoi menevänsä Kejosen Pekan huoneeseen samovaarisajulle ja maailmaa korjailemaan. Sain unenpäästä pian uudestaan kiinni...

Värikkäästi, kiireettömästi Päätalo kuvasi yön hetket. Siekkisen Keijo oli tullut vielä kahdesti, tasaisin väliajoin ja asia oli sama. Puutelistalla oli Päätalon mukaan edelleen naaraan olemus.

– Vähän rikkonaiseksi se yö meni, mutta huumorilla on selvitty pahemmistakin; valitin, etten pysty kollegaa auttamaan, Päätalo kuittasi. – Sitäpaitsi kotona minä kuitenkin syvemmin nukun.

Olin ostanut Taivalkosken kirjakaupasta Päätalon viimeisimmän, *Iijoen kutsu*, johon pyysin signeerauksen. Päätalo kävi huoneessaan, ”kun tuo käsi vähän sassaroi”, ja palautti muutaman minuutin päästä kirjan.

Kysyin, lähteekö hän Kallioniemeen, jonne olen menossa Siekkisen kanssa. *Muuttunut selkonen* oli jo työn alla ja päällä, joten mestarilla oli kiire Tampereelle.

Ymmärtämättömät puut

Kallioniemeen oli vähän lähtijöitä. Mahduimme Kallen sukulaisen Liisa Päätalon punaiseen pirssiin. Kunnantoimiston virkailija, Kallen serkku, kertoili matkalla paikoista, sanoi, että Hämeestä on tuotu mäntyjä. Jokijärven kitukasvuisia silmäillessään Siekkinen tuumi, että hyviä puita, mutta "ne eivät vain ole ymmärtäneet kasvaa".

Vittuojasta allikkoon; saimme tietää, missä Kalle oli syönyt unelmiensa Koskenlaskija-paketin ja antanut ylen ensimmäisen tilinsä ostoksen.

Päätalon Kallen henki leijaili tienpinnalla, metsiköissä ja pihalla. Mukava kuljeksia nyt kirjoista tuttuja tanhuvia. Hiltu-Jakki, Kallen varaisä pahnosti jossain markan perään, ja Hoikkalan Kallen nerous haamuili nuoruutta pakoon. Katseltiin pihalla järven taakse. "Suomen ensimmäiseksi semiootikoksi" Siekkinen nimitti Herkon, joka Riitun pyykinasettelusta luki mustasukkaisia merkkejään. Riitun pureskellut piiput eteisessä saivat Siekkisen mietteliääksi. Naisen tukalaa asemaa Selkosilla pohdimme. Vuosi ja koppa, Herkon höyryt niskassa. Henkoset helpottivat elämää.

Paljon opin uutta tältä Gummeruksen kirjailijalta, jonka kertojan taitoja Päätalokin tuntui korkealle arvostavan. Ei yhtään turhaa sanaa, kaikki lausumansa painokasta, huumorilla höystettyä latinkia.

Kotimatkalla seuraavana päivänä Siekkinen lähti samaan kyytiin. Hän oli parina päivänä Taivalkosken seudun kouluissa käynyt vierailuilla. Lupasimme heittää hänet perille, minne aikookin Keski-Suomessa. Minä ajoin. Siitä reissusta oli vähällä tulla kohtalokas. Jossain ennen Kajaania huristelin T-risteykseen pimeyden ja lumen turruttamana. Paniikkijarrutus. Sain auton ennen ojaa hallintaani ja kohtaloa kiitimme, ettei rysäyttänyt päällemme rekkaa tai muuta liikennettä.

Vaihdoimme kuljettajaa Siekkisen ehdotuksesta ja syöksyimme seuraavaan ravitsemusliikkeeseen. Ikään kuin kokemuksesta Siekkinen tiesi:

– Tulee jälkitärinät, on parempi nyt rentoutua ja irrota tapahtuneesta!

Hörppäsimme huoltoaseman isot olutmerkkiset lasit tyhjiksi ja pysähdyimme Kajaanin keskustassa.

Toisen kerroksen Pubissa oli valomerkki lähestymässä.

– Myytkö reissumiehille olutta matkaevääksi? Siekkinen kysäisi. Peruuttamattoman vankka päänpudistus. Nuori nainen laskeskeli jo kituminuutteja.

– Tuo sitten pöytään kolme pulloa mieheen. Jano! Siekkinen häipyi toilettiin ja viipyi. Ensimmäisen oluthörpyn jälkeen menin perässä. Kirjailija kieritteli lavuaarin äärellä kaikessa rauhassa wc-paperista pieniä pötköjä. Pöydässä selvisi askartelun syvin olemus; joimme yhden pullon ja loppuihin ilmestyi tyylikäs tuppo.

– Sinähän voit välillä kääntää selkäsi, Siekkinen esitti kassaa laskevalle tytölle toiveen ja pullot vilahtivat taskuihimme.

Emme valtavasti viivytelleet. Tarjoilija käänsi katseensa pohjoiseen, me jatkoimme etelään.

Tee ja rommi aktivoivat ihmisen

Loppumatkalla olutta lipittäessämme Siekkinen kertoi oman versionsa yön tapahtumista hotellilla. En kertonut Päätalon versiota, mainitsin vain, että "olit sitten herättänyt Kallen". Vaihteleva ilta oli seurannut Siekkistä. Ehdottomaan raittiuteen kasvaneella Pekka Kejosella oli samovaarissa haudutettua teetä ja hyvät jutut, Siekkisellä itsellään huoneessaan orpouttaan itkenyt rommipullo.

On luontevaa, että aika ajoin alkaa kitalaki napsaa, rommia huutaa hillittömästi etsivä sielu ja teen kirkastama kuiva nielu. Teellä ja rommilla on aktivoiva vaikutus ihmisen verenkiertoon:

– Alkoi yhtäkkiä tehdä mieli pillua, Siekkinen vahvisti tarinan ytimen.

Eräs ovi tuntui kutsuvalta: se oli Koillismaan immen ovi. Se ovi lievästi tihkui selkosten erotiikkaa. Puhdasta sattumaa ja kohtalon konnankoukkua, että joka kerta sattui Kallen huoneen ovi koputuksen kohdalle.

– Ei se Kalle pahemmin hermostunut, Siekkinen muisteli. – Kolmannella kerralla ilme oli tosin somasti tiukka mutta laajasti ymmärtäväinen.

Jyväskylän Kirjailijatalossa

Polkaisin elokuussa 1995 Seminaarinkatua aamukahdeksalta. Päätin poiketa Kirjailijatalossa. Oli hiljaista, mutta vaisto sanoi, että vieraita on. Palvelijan huoneesta kuului miehekästä hengitystä. Keitin kannullisen kahvia ja sen tuoksu tarttui: eri puolilta taloa ilmestyi kahvipöytään peräjälkeen kaksi kankkusta. Siekkisen Keijo kiitteli kahvintuoksusta ja Kuoppalan Ahti mörisi tukka pörrössä oman kiitoksensa.

Elettiin kesää, kun TT-Frenckellin teatterissa Tampereella oli näytelty *Jääkärin morsianta* ja Kuoppalalla lopputili taskussa. Näytelmää oli mainostettu *Simpauttajan* (1975) tv-elokuvan päähenkilöiden kohtaamisena 20 vuoden jälkeen. Pekka Räty ja Kuoppala & kumppanit vetivät väkeä.

Nyt oli juhlan aika. Melko hiljaisina miehet ryystivät kahvinsa ja mutustelivat kuivaa patonkia ynnä suolamuikkua. Kello lähestyi yhdeksää. Kuoppala vilkaisi kelloa, katse siirtyi Siekkiseen:

– Eiköhän..., Keijo, ...lähdetä rakentamaan humalaa?

Siekkinen kaatoi lopun kahvin kurkkuunsa ja heitti retorisen kysymyksen lakonisesti:

– Eiköhän sen aika ole... jo!

Illalla tein toisen polkaisun ja pysähdyin Ruthin ravintolaan. Pyöreässä pöydässä istuivat rakentajat iloisina. Kysäisin, ovatko he olleet täällä koko ajan, kellonkierroksen. – Eihän toki, käytiin ettonella välillä, Siekkinen tiivisti päivän kulun.

Ei makseta ennen kuin entiset on juotu

1990-luvulla oltiin isolla joukolla Kirjailijayhdistysten Talvipäivillä Iisalmessa. Olin vuokrannut Jaatiselta Mersun, jossa oli käynnistysvaikeuksia. Talvipäivät olivat viihtyisät, samoin yöt. Kuljettajan velvollisuus rajoitti minun yöelämää. Kuuntelin Lehtisen Torstia ja Siekkistä innolla.

Paluumatkalla pikkubussin takapenkiltä kuului natiseva ääni:

– Riiisto ei miilloinkaan, ikinä, missään koskaan pysäytä!

Sattumoisin Matti & Liisa osui parahiksi kohdalle. Risto noudatti Siekkisen kainoa toivetta, että väki pääsi virvoittelemaan.

– Pysähdymme Lapinlahdella, oluen ja tupakan mittainen tauko, ilmoitin virallisesti. Riemunkiljahduksia. Varsat kevätliejussa.

Kirjailijat olivat niin tyytyväisiä taukoon, että Siekkinen lauloi ennen Suonenjokea Tapsa Rautavaaran tunnettua kappaletta yli kolmekymmentä uutta säkeistöä. Sitten seurasi toistakymmentä säkeistöä: "Usjast tulloo miul aika ettee, ku pirttiin uuteen mie kulla toin..."

Jyväskylässä pyöräytin vuokra-auton Kirjailijatalon pihaan, sillä Siekkinen ja Pulakka olivat luvanneet kuskille kunnon kännin Sohwilla. Pöydässä oli valmiina iso olut ja Bushmills viski.

Ah, The Old Bushmills Distillery, Pohjois-Irlanti, heitin asiantuntevasti. En ole koskaan viskistä pitänyt. Kiirettä ei ollut, mutta tarjoilija Holopainen seisoi jo uuden lastin kanssa vieressä ja pyysi maksua edellisestä.

– Ei makseta, ennen kuin Urrio juo entisen, miehet toistelivat kuin opeteltua liturgiaa.

Sama toistui muutaman kerran. Vuokraamon auton vientiin seuraavana päivänä oli soitettava jokunen tunti lisää.

Risto Urrio (s. 1948, Laukaa) on jyväskyläläinen toimittaja/kirjailija ja kirjoittajien kouluttaja. Hän on omien julkaisujen lisäksi toimittanut yli 60 kirjaa, tietokirjoja, elämäkertoja ja runoja. Urrio on erityisen kiinnostunut persoonista, originelleista. Hänen tuotantoaan ovat mm. Reiska – katujen narrikuningas ja Halla-Otto – kiertävä kansansoittaja, ja tulossa elämäkerta alppilegenda Kalevi "Häkä" Häkkisestä.

Keski-Suomessa

Antti Kajannes

Tiedätkö keskisuomalaisempaa kirjailijaa kuin Keijo Siekkinen?

Oman alueen kirjallisuus nousee yhdeksi ihmisen tukikohdaksi tänään, kun eurooppalaiset haluavat globaalisuuden rinnalle vahvaa lokaalisuutta. Suomalaisia olemme ja eurooppalaisiakin. Haluamme olla myös keskisuomalaisia.

Fiksu kirjailijakaan ei kiellä paikallisuuttaan. Keijo Siekkinen myöntää keskisuomalaisuutensa ja jyväskyläläisyytensä. Osa hänen lukijoistaankin on hänen maakunnassaan ja kotikaupungissaan.

Keski-Suomi ja sen kirjallisuus

Olet varmaan kuullut sanottavan, että ei ole mitään Keski-Suomea maakuntana – etenkään nyt, kun läänikin on mennyt. Joskus sanotaan myös, että ei ole mitään Keski-Suomen kirjallisuutta. Olisi vain Suomen kirjallisuus. Samaan hengenvetoon väitetään, että ei ole mitään erityistä Suomen kirjallisuutta, on vain maailmankirjallisuus.

Me elämme kuitenkin omassa maakunnassa, ja vaikka olemme samalla maailmankansalaisia, meillä on oma kirjallisuus ja kulttuuri. On muuten ollut vuosisatoja. Voimme tässä ja nyt päättää ja sopia, että me olemme olemassa eikä siinä ole mitään häpeämistä. Paikallisuus ja maailmanlaajat näkymät eivät sulje toisiaan pois vaan rikastuttavat toisiaan.

Vastaamme kansainvälisyyden haasteeseen. Ei ole kumminkaan pakko hyväksyä sellaista kansainvälistymistä, joka saa suomalaiset myymään kannattavimmat yrityksensä ulkomaille ja jättämään oman onnensa nojaan kirjallisuutemme ja kirjoitusharrastuksemme.

Puhunta on Keski-Suomessa rikasta, värikästä ja vaalimisen arvoista. Ei ole syytämme, että kielen hallinta ja kielitaju heikkenevät nuorilla. Se näkyy vuosi vuodelta selvemmin ylioppilasaineissa.

Olemassa on hyvin vankasti myös Keski-Suomen kirjallisuus, joka peilaa maakunnan asioita. Siitä saadaan kuva alueen ympäristöistä, asukkaista ja elämästä. Maantiede ei ole muuttunut Keski-Suomen kotiseutulaulun ajoista. Alue rajoittuu maantieteellisesti neljään suureen järveen jotka luetellaan laulussa: pohjoisessa on vehmas Keitele, etelässä jylhä Päijänne ja lännessä ja idässä ovat kirkkaat Keuruu ja Kuuhankavesi.

Alueen kehitys näkyy kirjallisuudessa. Kirjailijat kuvaavat elämänmuodon muutosta ja elinkeinojen monipuolistumista. Maisematkin vaihtuvat vähin erin. Esimerkiksi Urho Karhumäen teosten henkilöt ovat monesti pellon raivaajia tai ihmisiä, jotka asuvat metsien keskellä. Romaanissa *Korpiherra* (1923) hän esittelee raatajan, joka vetäytyy vapaaehtoisesti korven asukkaaksi ja joka saa suon tuottamaan.

Korpi ihmisen tavallisena ympäristönä vaihtuu sitten kirjallisuudessakin kylään ja kauppalaan. Metsää kaadetaan asutuksen tieltä, taajamat kasvavat ja koskia aletaan padota. Maaseudun asutus leviää laajemmalle, elintaso kohoaa.

Vanha Keski-Suomen kirjallisuus kuvaa elinvoimaista maaseutua. Teoksissa näkyy maausko ja maatyön arvostus. Köyhän kansan kuvaajia ja työväenkirjailijoitakin on, mutta he ovat aika tavalla päässeet unohtumaan kirjallisuuden esittelyistä ja lukijoilta. Paremmin muistetaan Martti Korpilahti ja Einari Vuorela.

Vähänkin vanhempi maakunnan runous on raikasta kuin kansanlaulu. Aurinko kultaa arjen ja valaisee korven ja kylät. Myös prosaisteilla on alueesta ja sen asukkaista oma käsityksensä. Leo Kalervon romaaneissa keskisuomalaiset ovat enimmäkseen hiljaisia, vakaita ja luotettavia. Marko Tapio ja Harri Tapper saavat Saarijärveltä tuotantoonsa aiheita ja ympäristöjä, joskus myös tapahtumia ja henkilöitä. Tapperin veljekset ottivat kantaa keskisuomalaisen maaseudun ja sen maisemien puolesta.

Vanha Jyväskylä nähdään pienenä maaseutukaupunkina, joka pyrki kauppa- ja sivistyskeskukseksi. Se oli vastapaino harvaanasutulle maaseudulle, mutta nykylukijan kannalta se piirtyy hyvinkin luonnonläheisenä ympäristönä. Jyväsjärvi ja Harju, seminaarinmäki ja tori, kirkkopuisto ja pääkadut mainittiin usein kirjallisuudessa. Isa Asp ja Irene Mendelin kuvaavat kaupunkia valoisasti ja myönteisesti. Minna Canthin näkemys Jyväskylästä on tosin kaikkea muuta kuin valoisa.

Proosassa Jyväskylä on eri vuosikymmeninä esitetty toisaalta tehdaskaupunkina, toisaalta seminaari- ja yliopistokaupunkina. Kuva monipuolistuu, kun lähestytään nykyaikaa. Harri Tapper kertoo Jyväskylästä tarinakaupunkina, Harry Forsblomilla Jyväskylän yliopistoalue muuttuu Infernoksi ja toiveunien paikaksi.

Siekkisen keskisuomalaisuus

Keijo Siekkinen on syntyjään keskisuomalainen, lähtöisin Jyväskylän Tuohimutkasta. Hän tuntee varsinkin Jyväskylän, Vaajakosken ja Säynätsalon, ja ne tuntevat hänet. Säynätsalosta hän löytää vanhan ajan kylämeininkiä ja siellä hän viihtyy paremmin kuin kaupungin keskustassa.

Siekkinen on kirjallisuuden moniottelija, ja hän on muutenkin monipuolinen toimija yhteiskunnassa ja sen kulttuurissa. Kunnallispolitiikassa hän on ollut kansandemokraattien, vasemmistoliiton ja SDP:n joukoissa, ja Jyväskylän Talvi on hänelle tuttu foorumi. Vuosikymmenestä toiseen Siekkinen on yhtä suosittu puheenvuorojen käyttäjä ja keskustelija kirjallisuustapahtumissa ja yhteiskunnallisissa tilaisuuksissa.

Kentän tuntemus ja ymmärrys ihmisiä kohtaan on hänen vahvuuksiaan. Pari Pietarin vuotta eivät etäännyttäneet häntä syntymäseudulta mutta antoivat perspektiiviä sen asioihin. Kotimaassa ovat Keski-Suomen ohella tulleet tutuiksi mm. Tampere, Hämeenlinna ja Mikkelin seutu.

Siekkinen on työskennellyt monella alalla. Yksi niistä on huumenuorten kuntoutustyö, ja nuorten parissa hän viihtyykin hyvin. Erilaiset kirjallisuuteen ja teatteriin liittyvät tehtävät ovat tulleet tutuiksi, esimerkiksi kirjoittamisen opetus ja kirjan kokoamisen eri vaiheet. On Siekkinen ollut hanhifarmarikin ja tehnyt lisäksi monenlaista ruumiillista työtä. Myös sahalla Siekkinen on ollut töissä. Kauppakadun varrella sijaitseva kulttuuribaari Vakiopaine sai hänestä joksikin aikaa pitäjän yhdessä muutaman muun kanssa 1990-luvun lopulla.

Nimiä, paikkoja ja puheenpartta

Kaikista Siekkisen romaaneista löytyy keskisuomalaisuuteen viittaavaa ainesta. Niitä voivat olla tapahtumat ja paikat, kieli, henkilögalleria ja miljöö. Siekkinen pyrkii käyttämään romaaneissaan oikeita nimiä ja maisemia. Niinpä Siekkisen romaanissa *Jäähyväiset rakkaudelle* seikkailee muuan kirjailija Siekkinen jyväskyläläisille ylen tutuissa maisemissa. Elävien ihmisten nimet ovat jo sinällään tosia, niitä ei tarvitse miettiä. Tarinakaupungissa, joksi Harri Tapper sanoo Jyväskylää, faktalla on tapana muuttua fiktioksi. Ehkä toisinkin päin.

Siekkinen sijoittaa kirjansa oikeisiin paikkoihin ja tuttuihin ympäristöihin, joskus opiskelu- ja työkaupunkiinsa Tampereelle ja yleensä Jyväskylän seudulle. Miljöön hän rakentaa usein hyvinkin tarkasti, erityisesti *Kuusitoistamiehisessä pyramidissa*. Paikkakuntalaiset tuntevat helposti sen paikat ja ihmiset.

Keijo Siekkinen kirjoittaa teollisuustyöläisistä, ja hänen kirjoissaan vierailee myös kirjailijaa ja pappia, kauppiasta ja professoria. Fantasia ja huumori värittävät hänen kuvaustaan maakunnasta ja sen ihmisistä. Siekkisen romaaneissa kaupunki ja maaseutupaikkakunta on moniulotteinen tila, jossa menneisyys tunkeutuu eri tavoin nykyhetkeen. Välillä Siekkinen parodioi herkullisesti perinteisiä maaseutu- ja kaupunkikuvauksia, ja esimerkiksi *Kuusitoistamiehinen pyramidi* on historiallisen romaanin parodia joka paikallistuu Siekkisen kotiseudulle Vaajakoskelle. Teos kuvaa Vaajakosken – alkuisin Haapakoski – syntyä ja kehitystä teollisuusyhdyskunnaksi Suomen oloissa melko yleispätevästi.

Teoksen alussa eletään luonnon tilassa. Myytit, tarut ja tarinat kietoutuvat yhteen empiirisen ja historiallisen todellisuuden kanssa ja ihmisetkin saavat mytologisia ja maagisia piirteitä. Teollisuuden paikkakunnalla aloittaa norjalaissyntyinen Villakomppanian patruuna joka lähtee sitten Englantiin ja myy tehtaansa ja sahansa työläisten osuuskunnalle. Kun Haapakoski vaurastuu, sen nimi muuttuu Vaajakoskeksi. Romaanin lopussa ollaan jo byrokraattisessa, standardisoidussa nyky-yhteiskunnassa, suunnitelmiaan heiluttelevien "huopahattuisten idioottien" hallitsemassa maailmassa.

Tunnistettavien paikkojen ja oikeitten ihmisten lisäksi Siekkisen kirjoista löytää oikeita nimiä, paikkojen ja ihmisten. Romaaneissa tämä kaikki sitten muuttuu fiktioksi.

Siekkisen kirjojen kielessä on keskisuomalaista puheenpartta. Sekin tekee hänen kielestään sympaattisen ja kirjoistaan elämänmakuisia.

Siekkiselle kirjailijana ei juuri ole kirjallisuudessa vertauskohtia. Siekkinen on Siekkinen.

Antti Kajannes on kirjoittanut artikkeleita lehtiin ja kirjoihin, ja hän on ollut toimittamassa useita kirjoja. Kajannes on ollut ikänsä kaiken kirjojen äärellä, kuten moni muukin suomalainen. Leipätyö kirjastossa on hänelle yhtä mieluisa kuin on lukeminen ja kirjoittaminen kotona. Toiminta kirjallisuusyhdistyksissä sopii pirtaan.

Lähteet

Katriina Kajannes: ”Keski-Suomen kirjallisuus.” www.finnica.fi

Katriina Kajannes ja Helena Saaristo (toim.): *Keskisuomalaisia nykykirjailijoita*. Helsinki: BTJ Kirjastopalvelu, 2004.

Katriina Kajannes: Keskisuomalaisten kirjailijoiden esittelyt. Kirjasampo.fi – kirjallisuudenkotisivu http://www.kirjasampo.fi/fi/kulsa/saha3%3Au8af36fac-046a-471d-b047-c23afce032b9

Puhetta Keski-Suomesta

Keijo Siekkinen

– Antti hyvä, ole minulle poloiselle armollinen, sanoi Siekkinen, kun sai vastata haastattelukysymyksiin. – Laitoit sellaisen sarjan kysymyksiä, joiden kanssa en ole sen suuremmin askarrellut koskaan. Ja jos olen, olen ne sitten hyvään talteen laittanut ja unohtanut sinne.

Keskisuomalaisuudestaan ja sen taustoista kirjailija kertoi:

– Keskisuomalaisuuden, jos sellainen henkinen olento on, tulisi kaiketi jotakin merkitä, koska Jyväskylään olen syntynyt, ja vanhempani ja isovanhempanikin näitä seutuja elivät ja sukua liialtikin, koska tuolla Laukaan puolella on kuulemma sanontaa suussa muljuteltu: Laukaassa on enemmän Siekkisiä kuin Riipisellä hevosia. – Riipisellä niitä oli paljon. Äitini tapasi ilakoida yli maakuntain tunnetulla ja tuonpuoleisellakin: Halko lisää, Siekkinen on helvetissä. – Oli oikein hankkinut Erkki Tantun piirroksin varustetun kappaleen kyseistä lopullista viisautta. Tai joku muu perhettä ja sukua paremmin tunteva.

– Ja näin yllytit katsomaan setä Topeliustakin. Toinen on kuudestoista Cajanderin suomennoksen pohjalta ja toinen kolmaskymmenesneljäs, korjattu 1930 näköispainos. Ja kyllä. Topeliusta kun lukee, alkaa jo melkein heti temmeltää kuin Matti, "joka muuten on avulias, vieraanvarainen, luotettava ja uskollinen; makaa talvella, valvoo kesällä, kuuntelee mielellään soitantoa, sepittää kauniita lauluja ja mielistyy kaikkeen, missä kysytään miettimistä. Hän on taitava arvaamaan arvoituksia ja keksimään älykkäitä sananlaskuja. Hän tahtoo kaikessa olla perinpohjainen; hän kaivaa kaivonsa niin syväksi, kuin tahtoisi sen kaivaa maan lävitse, ja jos hänelle lapsuudessa on sattunut katkismuksenluku kangertamaan, saattaa hän sitten vuosikausia miettiä, miksi Jumala hänet tähän maailmaan on luonut."

– Ehdottomasti haluan lastenlapsille Topeliuksen *Maamme*-kirjan antaa luettavaksi, jotta tietävät mistä on pappansa tullut, eivätkä sitten suuremmin ihmettele, mihin on mennyt. Kuitenkin saa se olla vuoden 1944 suurremontin kokenut – 47. painos – *Maamme*-kirja, koska tähän remonttiin kutsuttiin niin hurmaava asiantuntijaryhmä (Pentti Eskola, Jaakko Keränen, Aarni Penttilä, Martti Haavio, Eino Jutikkala, Reino Kalliola, Aatos Tavaila). Isänmaan miehiä ja arvostuksen ansaitsevia joka ukko.

– Ja kyllä laulan muiden mukana ja tunteen kanssa Martti Korpilahden Keski-Suomen kotiseutulaulua, varsinkin kesäteatteriesityksen loppulauluksi ja jos on lempeä ilta, niin liki kyynelten kera. Tämä suloinen lauluhan esitettiin ensimmäisen kerran niinkin myöhään kuin 1920, kun Keski-Suomen maakunta ymmärrettiin synnyttää. Jos nyt olisin tomera ja uskalias, tohtisin ajatella, että maakunta-aate oli ja on ehken jollakin tapaa vieläkin kelvollinen kansallinen ideologia, johon meijän mattien ja maijojen oli – ja ehken on – lysti asettua asustelemaan. - Keskisuomalaista murteentynkääkin pieni hyppysellinen.

– Ideologia, niinpä. Keski-Suomen kirjailijat ry:n virallinen ilta- ja symposiumlaulu on V. A. Koskenniemen "On suuri sun rantas autius". Ja se on hyvä ja kaunis ja syvästi tunteellinen laulu.

Lopuksi lyhyesti muistakin asioista:

– Kysymykseesi, joka koski vasemmistokirjailijoita ja vasemmistokirjallisuutta. Joudun nimittäin pieneen pulmaan. Minun on varsin helppo ja ymmärrettävää sanoa: olen vasemmistolainen ja kirjailija. Vasemmistolaisuus on itselleni aika luonnollinen paikka. Olen elänyt vasemmistolaisessa ympäristössä ja kodissa enkä tunne vierautta enkä pelkoa asian kanssa. Aikuistuttuani ja pidemmällekin käveltyäni olen ymmärtänyt, että vasemmistolaisuus on herättänyt vierautta ja kammoksuntaakin joissakin. Ja tämän seikan kohtaaminen hiukan hämmensi. Olisiko tässä nyt sitten kysymys jonkinsortin toiseuden kokemuksesta. Kirjailijalle toiseus on kelpo kumppani. Ja toinen kirjailija, ainakin hetken aikaa, ainakin, jos ei aivan erakko ole.

– Olen toki Palmgrenini lukenut. Hänen *Kapinallisten kynät* -suurtutkimuksensa alaotsikko on Itsenäisyysajan työväenliikkeen kaunokirjallisuus. Ymmärrän sen kirjaimellisesti noin, sanat erikseen kirjoitettuna. Silloin minun ei tarvitse pähkäillä kotitoteemieni Hamsunin, Kafkan, ei Belyin, ei Jotunin, ei Viidan eikä muiden kanssa. Ei edes Ahon, vaikka tyrmäilikin Untolaa pisteliäästi silloin aikanansa. Taisi käydä pikkuisen kateeksi. Kirjailijat ovat kiivailijoita jollakin tapaa. Se on riemullinen asia. – Ei. Nyt lähden riitelemään itseni kanssa heti. Kengät jalkaan! – Leo Kalervo muuten on aika keskisuomalainen kirjailija. Ja Harri Tapper. Kyllä!

Haastattelun on antanut Keijo Siekkinen itse. Kyselijänä on Antti Kajannes.

III

I SAMHÄLLETS OCH MÄNNISKANS STORMVIRVLAR

Elisabeth Nordgren

Vissa symptom på strukturförändringar inom den finka prosan började alltmera vara skönjbara på 1980-talet i formellt, tematiskt och sociologiskt hänseende. Ännu på 1970-talet blomstrade den traditionella episka realismen. Denna dominerande litterära genre, trogen sin nationallitterära roll, tematiserade den historiska utvecklingen och de samhälleliga strukturförändringarna. Ofta degenererade den historisk-episka romantraditionen till ett nostalgiskt tillbakablickande på det förflutna eller upprepandet av redan gjorda analyser.

Orsakerna till uppluckringen av "åkerrealismen" fanns kanske att söka i jordbrukssamhällets snabba övergång till modern teknologi samt i allt vad detta innebar socialt och kulturellt. Också den sociala bakgrunden hos författarkåren höll då på att förändras. Det fanns allt färre s.k. traditionella arbetsförfattare med en fast social förankring i arbetarklassen.

De olika slag av "illamåendefenomen" som välfärden tycks ha gett upphov till har också den dåtida nya generationen unga prosaister sedan slutet av 1970-talet på ett eller annat sätt kommenterat i sina verk. Detta skedde i form av experimentella strävanden och nutidssatir. Man försökte också spränga eller bryta det traditionella berättandets ramar genom t. ex. våldsam expressivitet i uttrycken eller ett skickligt utnyttjande av nya synsätt eller formella lösningar.

Till dem som på 1970-talet och framåt bidrog till förnyelsen av den finska prosan hörde Keijo Siekkinen, Matti Pulkkinen, Annika Idström och Anja Kauranen (senare Snellman).

Keijo Siekkinen hörde således till de författare som då vände ryggen åt traditionella och ytliga litterära konventioner. Han utvecklade en ganska djärv blandning av tidsplan och experimenterade med verkligheten som reducerades till legendariska och mytiska fasetter. Det här gäller framför allt romanen *Kuusitoistamiehinen pyramidi* (1981) och i visa mån också *Äidin hauta* (1985).

I sina tidigare romaner *Naisen mies* (1973), *Betoniraudoittaja Eino Helminen* (1974), *Raskaat miehet* (1976) företrädde Siekkinen närmast realismen. Men *Reinon veljenpoika* från 1978 gav redan en antydan om vissa form- och stilexperiment. Här utvecklade Siekkinen en genomskådande helhetsmetod för att belysa den sociala och psykologiska verklighetens olika nivåer samt betonade fantasin, mystiken och det subjektiva.

Filthattarnas välde

Med *Kuusitoistamiehinen pyramidi* sprängde Siekkinen sedan objektivismen, tog fram den subjektiva upplevelsen och bidrog härigenom till förnyelsetrenderna inom den finska prosan. Den form och stil som Siekkinen då utvecklade i Kuusitoistamiehinen pyramidi hade vissa beröringspunkter bl. a. med Sven Delblancs och Kjartan Fløgstads prosakonst.

Kuusitoistamiehinen pyramidi är förankrad i arbetarmiljö. På ytan är romanen en skildring av en industriorts (Vaajakoski) framväxt och utveckling från 1800-talets slut till nuet. Det nya hos Siekkinen här var att han trängde djupt in i människans psyke, visade hur klassmotsättningarna återspeglades i det inre. Han ser människan som en helhet. I den komplexa personsymboliken ingår drag av fantasi och mystik. Å andra sidan betonade Siekkinen den konkreta miljön och historien genom synintryck, dofter, minnesbilder, hänvisningar till det förflutna då Folkets Hus ännu stod där bensinstationen nu finns och forsen ännu gav tio kilos laxar innan kraftverket byggdes.

Också stilen är slipad, sensuell, tonfallet uppsluppet. Utifrån sedda är människorna stiliserade och satiriskt uppfattade typer.

Genom att införa en ”officiell berättare” (författaren själv) och en ”berättare” (författarens hustru) har Siekkinen uppnått distanseringseffekt. ”Berättaren” kritiserar sedan den ”offentliga berättaren” och uppträder som allvetande kommentator; hon säger sig ha den djupaste insikten i romanpersonernas öden, har ett bättre minne, har sett människorna ”inifrån”, ser också in i framtiden. Samtidigt kommenterar ”berättaren” själva romanformen och metoden.

I romanens början introduceras den mystiska Haanok, far till Abel som i sin tur är far till August Gideon, bokens romantiker, konstnär, mystiker och lösdrivare – en motpol till den teknokratiserade, byrokratiserade avkomman till dem som grundade arbetarföreningen och byggde Folkets Hus i början av seklet. August vistas helst uppe på berget Kanavuori där han lyssnar till den stora stenens röst – stenen som darrar och svettas i solen.

Syskonparet Vorkosilov protesterar på ett annat sätt mot all överdriven planering och strukturrationalisering. De känner sin tillvaro och personliga integritet hotade och har tagit sin tillflykt i oåtkomlighet. Deras handelsbod måste stängas då de vägrar betala skatt och elräkningar. Ortsborna pimplar i sig sprit under deras fönster. Simhallsbygget gör intrång på deras äppelträdgård.

Siekkinen kritiserar överlägsenheten och likgiltigheten hos fack- och partibossarna, ”männen med filthatt” som trivs bäst i föreningsbastun eller på klubbkrogen. ”Männen med filthatt” har femtioen planer som är skenplaner och aldrig förverkligas men de har en hemlig plan som hela tiden realiseras, konstaterar ”berättaren”.

En av dessa män är kommundirektör Parkkanen, sonson till

Jalmari (ordförande för arbetarföreningen) som skriver en parodisk pamflett om biodynamisk murkelodling vilken väcker bestörtning i partihögkvarteret.

I början av romanen är det en annan "filthatt", en frikyrklig patron, representant för patriarkalisk humanism och det engelska yllekompaniet, som öser sin givmildhet över sina anställda genom att erbjuda dem bostäder, bygga skolhus. Men då arbetarna inte visar tillräckligt stor tacksamhet återvänder patronen besviken till England.

Männen med filthatt, de som lyckats, är de officiella sanningssägarna, de ser människan som ett manipulerbart objekt. Alltför hårt motstånd mot arbetarna för med sig mera harm än grundandet av arbetarrörelsen menar patronen. Andelslagets reklamchef uppfattar nostalgivågen som en lönande affär – han börjar rekonstruera det förflutna för att skapa hemkänsla hos ortens invånare. Därigenom binds de fastare vid industrin.

Naturen och miljön har sargats liksom människorna. De svagaste flyr in i jaget, för dem är samhället opåverkbart. Bristen på sammanhållning är påtaglig, människorna lever isolerade. Den forna pionjärandan och entuasiasmen har mattats av, ingen går mera med i första maj-tåget. Symbolen för enhet, den sextonmannapyramiden som reste sig då Folkets Hus invigdes, har rasat. Det som återstår är tanketomhet och klichéer, mekaniska patentlösningar, supermarkets, motorvägar insprängda i bergen.

Keijo Siekkinen lyckades med sin genomskådande helhetsmetod finurligt belysa den sociala och psykologiska verklighetens olika nivåer, människornas roller och funktioner. Mångsidigheten hos hans synsätt öppnade nya perspektiv.

Dödköttet omkring oss 106

Keijo Siekkinens roman *Äidin hauta* (1985) är en uppgörelse med ett förflutet och en kritisk granskning av nuläget. *Äidin hauta* är en lång, ibland humoristisk, satirisk inre monolog riktad till berättarjagets döda moder. Moderns plötsliga död utlöser detta biktbehov, en genomgång av det egna livet, barndomen, äktenskapet, komplicerade föräldrarelationer. Monologen blir en frigörelseprocess, ett kapande av navelsträngen i flera bemärkelser. Miljön är åter industrisamhället Vaajakoski nära Jyväskylä.

I Äidin hauta saknas visserligen den föregående romanens stilistiska och formella mångsidighet, men Siekkinen lyckas dock skapa både en intim, personlig stämning och en problematisering av livsbetingelserna och den yttre, sociala verkligheten.

Bokens jagperson, som säger sig ha insupit sin världåskådnings via Robin Hood- och Pelle Svanlös -böckerna, förhåller sig starkt kritisk till hela den söndriga världen och den snedvridna samhällsutvecklingen. Fadern har gått sönder i kriget, hans huvud är ”tomt”. Han omger sig med en betongvägg av otillgänglighet och bitterhet.

Det finns död och kaos runtom i berättarjagets värld, brodermord i faderns generation, rödgardister som lemlästats, och i berättarens egen generation grälande fredskämpar, intrigerande kommunister som han försöker ena.

Berättarjagets antiauktoritära inställning medför ett kritiskt förhållande till diverse ytterlighetsfenomen inom samhället. Siekkinen menar också att ”vanliga” människor utnyttjas och manipuleras av samtliga maktgrupperingar. Liknande tankegångar tangerade Siekkinen också i Kuusitoistamiehinen pyramidi.

Nu står alltså berättaren vid sin moders grav. Den nästan kalevalaaktiga, generösa modern är för berättaren analog med den mytiska allmodern, skaparen av allt liv. Graven är ”mötesplatsen för Alltets Materia”, här finns alla svikna förhoppningar och den politiska kampen begravda.

Jagpersonen menar att allt som föräldrarna trott på har gått i spillror. Fadern, en trogen kommunist, som hela livet försökt bygga en omöjlig värld, har blivit lurad. Nu sitter han och präntar i sig oanvändbara termer som opportunism, chauvinism, revisionism, kolonialism, socialreformism.

Det onda som finns överallt fokuseras på ett absurt sätt i USA-presidenten Reagans gestalt. Den cancertumör som Reagan blev opererad för i tjocktarmen kan mycket väl vara någonting friskt. Cancern är den övriga Reagan däromkring, menar berättaren. Läkarna borde ha tagit bort tumören och skickat den till Vita huset för att styra.

För övrigt har berättaren haft en hund som han anklagat för småborgerlighet eftersom hunden lufsat efter honom överallt. Och också denna hund har haft en tumör, t o m dött i blodcancer. Den auktoritetsbundna småborgerligheten synes vara sjukare än världens makthavare.

Äidin hauta är en bitsk satir over förmultningsprocesserna och dödköttet i dagens verklighet.

Fiktionen som absurd lek

Keijo Siekkinen har inte hört till de författare som flåsande publicerat sig vartannat år. I stället har han tagit god tid på sig och experimenterat med sitt textmaterial såsom med prosaboken *Kettuluolat*, en roman som lät vänta på sig i flera år och utkom 1993.

Också i Kettuluolat söndrar Siekkinen den mest traditionella romanformen men på ett rätt krampaktigt men samtidigt ironiskt sätt, blandar ihop tidsplan (inget nytt i sig), bedriver samhällssatir, humor och infogar litterära citat i texten så att romanen får en collageform.

Här har vi åter den finske mannen som nu relativt medvetet, parodiskt krisar i sin medelålder. Det är bokfantasten Miika, romanens huvudperson som håller sig med ett antikvariat i Jyväskylä där han också säljer porr. Miika har visserligen skiljt sig från sin hustru men träffar henne fortfarande. Här finns ett innehållslöst yttre händelseförlopp, konfrontationer med ex-hustrun, några resor, litet kafésittande och så Miikas fjantigt småhumoristiska funderingar kring Kants kategoriska imperativ och annat filosofiskt grundtänkande som författaren nog inte tycks känna till.

Däremot utvecklar Siekkinen en verbalt intensiv, galghumoristisk associationsförmåga i Miikas monologer, ett tankeflöde som ohämmat svämmar över åt olika absurda håll. Dessa monologer blir en tragikomisk självrannsakan. Via berättaren får läsaren också en bakgrundsinblick i hustrun Ullas värld och hennes val av sjuksköterskeyrket.

Mystiken träder via barndomsskildringarna in i de mångtydiga kvinnornas gestalt, däibland modern Maria som i Miikas ögon förvandlar sig till allt från drakmaria, mariamaria, nattmaria, arbetsmaria till mansmaria. Och tanken på barndomens flykt till rävgrytena, trygghets- och skötessymbolen tröstar den emallanåt vilsna Miika.

De mest vardagliga problem, långa eller korta kalsonger, varvas med tankar om onda och goda handlingar som illustreras i Miikas uppförstorade porträtt av Brezjnev och Honecker. Och de instuckna citatavsnitten (utdrag ur bl. a. Lenins, Wittgensteins, Kafkas verk) integreras i det kalejdoskopiska virrvarret av satiriska absurditeter och de komplexa människorelationerna ställs i en smått löjlig dager.

Keijo Siekkinen har således skapat en ganska konstruerad men i alla fall absurd roman som leker med både vardagens realiteter, de ”stora” tankegångarna och inte minst med själva fiktionen.

Mot bakgrunden av allt det som Keijo Siekkinen skrivit i prosaväg kan man inte annat än konstatera att han är en mångsidigt kreativ, nyskapande författare.

Elisabeth Nordgren, Helsinki, valmistui Helsingin yliopistosta pääaineenaan kirjallisuus. Hän on ollut kulttuuritoimittajana Hufvudstadsbladetissa ja opettanut kirjallisuutta mm. HY:ssa. Hän on kirjoittanut antologioihin, Ruotsin BLM-kirjallisuuslehteen ja norjalaisiin, tanskalaisiin ja virolaisiin kulttuurilehtiin. Hän on ollut eri kertoja Runeberg-, Finlandia- ja Pohjoismaiden Neuvoston kirjallisuuspalkintoraadissa. Nordgren on PENin entinen ja Suomen arvostelijain liiton nykyinen puheenjohtaja. Hän toimitti Margaretha Mickwitzin ja Agneta von Essenin kanssa kirjan 100 år av jämställdhet? (2006), Roolien murtajat (Gaudeamus 2008).

Mother's Grave

Keijo Siekkinen

I can no longer identify the songs of birds.

You never really knew them at all but I did. I was pretty sharp when it came to biology and horticulture in school but before I say anything else I've got to talk about the small black spider that was suspended above my typewriter this morning. You hated spiders as much as you were afraid of snakes. This spider is so small that it wouldn't scare anybody and its legs are a golden yellow. I observed how it actually hangs in the air. It wasn't dangling on one strand of silk but two. It had spun the other strand from the side; it was like the rope that is used in the circus to give the trapeze momentum and with which they can get the trapeze to stop if need be. With the help of these two threads it is able to move sideways, able to direct its movements even though it maybe doesn't know where it is going. The strands are so thin that you wouldn't be able to see them at all. The spider joins them together every now and then with some kind of knot and then reattaches the threads to other positions. If it didn't do this it would most likely start swinging so much at some point that it probably wouldn't be able keep hold of the strand when it jumps. Of course I remember that the females of at least some species of spiders eat the males during mating. A male spider needs to be quick if he intends to stay alive, and I am actually such a cautious creature of comfort that such gambling just isn't for me. At home last fall I found a spider in the corner of the bedroom whose back was full of little spiders. At first I thought that it had some kind of cancer or skin disease but they were all moving and when I shook the spider all the little ones fell off its back and skittered back and forth around the big one. I didn't dare stay and watch what happened after that. I was afraid that the mother spider would eat the babies because they were all around her and presenting the same stimuli that flies or ants would. A lot of animals are all mixed up with regards to the protection instinct. While procuring nourishment for their young an animal might very well eat its own offspring if they are in the wrong place. Male crocodiles don't recognize juveniles of their own species, they'll eat them just like they would eat anything else, and perch often have perch in their bellies, but with fish you can't always tell if the young have eaten the mother or if the mother has eaten the young. Fish aren't so discriminating.

Do you know what I imagine? I imagine that you might read this text sometimes. It is of course an impossible idea; I just imagine that you would notice it, you would read it, and then you would say: "humph, why is he goofing around? Why doesn't he talk about the sheepskin hat? He sure used to talk a lot about it." And I will talk still talk about that hat but then I think that while reading you would figure out that it would be beneficial to be able to tell the difference between the songs of different birds, to recognize birds from the sounds that they make even though one could get by without this skill anyway. You didn't concern yourself with birds anyways. You knew plants pretty well. Plants had more meaning for you; you could get them to grow even though you were also interested in plastic flowers from Japan. You bought them, little blue and red and yellow flowers and you'd stick them in the pots with the cactuses. Cactuses seldom flower. The moonlight cactus at our place bloomed only twice, I'd sit all evening staring at the flower when it began to open. I'd pull those plastic flowers out of the pots because I thought they were distasteful, it was like you were cheating. You'd put them back in the pots and I'd take them out again. It was a game with us, we never said anything to each other about it, and we didn't ever speak of the significance of the plastic flowers. Of course you thought they were pretty and they were colorful but why didn't you get plastic cactuses for those plastic flowers? That's one thing I never understood. Later on, when I couldn't see them anymore, I realized that you needed that kind of beauty, the kind that you can get from the store. And maybe you thought that those flower makers are the same sort of poor little girls like you were when you left your home in Ylämäki to be a maid. In that respect you had some odd ways of doing things, like how you didn't use poisons. You stopped using poisons, sprays and things and mixed up a solution of pine oil soap which you used to wash the flowers and plants. You weren't thinking of poisonous residue, you just couldn't stand to see them die, those little critters, those little flower devils, so you began to wash the plants with pine oil soap. You figured that the bugs' feet would slip on the soapy leaves and we didn't see them around the plants at all. It was an effective method.

Shortly after your death, at the beginning of autumn, I was fishing. Caught near the weights at the bottom of the net was an eelpout, pretty small, maybe three summers old. I keep a club in the boat to knock the life out of the fish so they don't need to flop around in the bottom of the boat. There is a nail in the club for the bigger fish; I drive the it nail through their necks. The nail severs the neural pathways and the jugular vein and when I strike strongly enough it goes all the way through and sticks in the keel of the boat. That way the fish doesn't jump and splatter blood around the boat as it is dying. I was removing that eelpout (from the net and looked into its eyes. Usually an eelpout has hazy, opaque, blind fish eyes. It doesn't need eyes, swimming around at the bottom of the lake in the dark and the mud. This eelpout had clear pale blue eyes like you did and I thought that it was you beginning a new cycle and like you always did, you humbly and benevolently took the place of another, another for whom the new beginning was to be as an eelpout. Your benevolence and your goodness annoyed me so I took my fish club out even before I had got that eelpout completely free from the net and I whacked that fish hard, nail side to the back of the neck. I figured that if it was you, this fish phase, this eelpout phase would be as short as possible. The eelpout died immediately and the pale blue radiance of its eyes faded and was replaced by typical opaque, unseeing surface. When I went home I realized that you couldn't really have been in the eelpout because it was already an old fish, but how does one really know at which point the eelpout gets a soul, the moment of realization. It very well could be at the age of three. Up until then it just roots around in the bottom mud waiting to until they decide in which form the reborn soul will appear over at reincarnation headquarters. Once home I made that fish into soup, it was good soup, even though a lot of people say you can't get good soup out of a summer eelpout, but they've never tried to. It's one of those ideas that have no basis in reality.

In English by Willie Männikkölahti

Willie Männikkölahti on jyväskyläläistynyt amerikansuomalainen kirjailija, kuvataiteilija ja baarimikko.

Pyramide

Rolf Klemmt

Frankfurtin kirjamessujen pääteema vuonna 2014 on Suomi. Näissä merkeissä Jyväskylän yliopiston historian ja etnologian laitoksen tutkijat ovat koonneet Anssi Halmesvirran toimittaman ja saksaksi kääntämäni *Suomen kulttuurihistoria* -teoksen, joka ilmestyy vuoden lopussa darmstadtilaisen WBG-kustantamon kustantamana. Kulttuurihistoriassa mainitaan mm. Keijo Siekkisen teos *Kuusitoistamiehinen pyramidi* esimerkkinä modernista kokeilevasta proosasta. Jostain syystä Siekkisen teoksia ei kuitenkaan ole käännetty juuri lainkaan muille kielille. Mainituista syistä oli aika tarttua toimeen saksannoksen aikaansaamiseksi.

Siekkisen romaani *Kuusitoistamiehinen pyramidi* saa historiallisen taustansa 1800-luvun puolivälistä, jatkuu autonomisen Suomen tsaarinvallan aikaisen historian, kansalais-/vapaussodan, itsenäistymisen ja maailmansotien kuvausten kautta nykyaikaan, 1980-luvulle. Näitä eri aikakausia ei kuitenkaan käsitellä seikkaperäisesti vaan niihin vain viitataan jatkuvasti teoksen kuluessa, mikä myös mahdollistaa tietyn aikajatkumon.

Toisella tasolla romaanissa kuvataan keskisuomalaisen Haapakosken maalaiskylän muuttumista tärkeäksi teollisuuspaikkakunta Vaajakoskeksi. Tätä muutosta siivittivät paitsi tehtaiden ja julkisten rakennusten rakentaminen, myös uusien teiden, rautatien ja kanaalin tulo tukinuittoineen sekä osuustoiminta- ja työväenliikkeen nousu.

Kuntien yhdistämisen jälkeen vuodesta 2010 Vaajakoskesta tuli osa Jyväskylän kaupunkia. Edellä mainitut muutokset ovat kuitenkin vain katalysaattoreita varsinaiselle kerronnalle. Kertomuksen kuluessa mainitaan historiallisesti merkittäviä persoonallisuuksia, kuten esimerkiksi sahan rakennuttaja Carl Friedrich Rosenbröijer, jota pidetään myös naapurikaupunki Jyväskylän perustajana. Toisena merkittävänä henkilönä astuu esiin patruuna James Salvesen, norjalaista alkuperää oleva englantilaisgentlemanni, villayhtiön perustaja ja yksi romaanin päähenkilöistä. Patruuna-niminen ravintola oli muuten Vaajakoskella toiminnassa viime aikoihin asti.

Teoksen kerronta perustuu ensisijaisesti kuvitteellisten tapahtumien, tapausten ja sattumien kuvaukseen, joihin lukuisat hahmot osallistuvat useiden sukupolvien kuluessa loputtomien keskustelujen, toistojen, väärinymmärrysten ja uudelleen aloittamisten kautta. Episodit ovat täynnä hersyvää huumoria, purevaa ironiaa ja satiirisia huomioita. Kerronta ei kuitenkaan etene kronologisesti. Koomisissa, naurettavissa, nurinkurisissa ja osittain traagisissakin tarinoissa viitataan henkilöihin tai aikaisempiin tapahtumiin, joihin romaanihenkilöt samalla kietoutuvat. Näin teksti pysyy koossa.

Tässä pieniä maistiaisia keskusteluista:

[– –] am letzten heißen, schwülen Tag im Juni klettert der Gemeindegärtner ins oberste Stockwerk der Behörde hinauf zum Gemeindedirektor.

Im Sommer wirkt das Gemeindehaus leer und kühl und verlassen anders als im Winter, bei Frost, wenn es in den Gängen nach Tabak riecht und Schweiß und billigen Schnaps, wenn Männer auf den Treppen sitzen mit gehäkelten Mützen in der Hand und auf den Vorsteher der Sozialbehörde warten, die politischen Redakteure auf den Treppen um die Leute herum hochgehen um ihre eigenen Beamten zu befragen, was denn so los sei. Im Winter wimmelt es im Gebäude, es lebt aber sommers, atmet auf, seufzt und ruht.

– Ist beabsichtigt dass auch der Park um die Schwimmhalle

fertiggestellt ist, wenn die Halle eingeweiht wird und der Minister kommt?

– Nun setz dich erstmal, sagt der Gemeindechef. Es ist ein heißer Tag, der letzte Arbeitstag vor dem Sommerurlaub und Jukka Parkkonen vermag sich nicht für die Gedanken des Gärtners zu begeistern. Außerdem kommt der zur Tür herein obwohl da die rote Lampe leuchtet.

– Ich würde alle Gesellschaftswissenschaftler rausschmeißen, sagt der Gärtner.

– Nicht doch. Ich bin Magister der Gesellschaftswissenschaften.

– Und wenn du Doktor der Theologie wärest. Wir haben Blumen, Büsche und Grassamen schon den ganzen Sommer bereit. Jetzt sind wir schon im Hochsommer aber gute Erde kommt einfach nicht da zur Schwimmhalle. Die Erde ist verschwunden.

– Was denn für Erde. Mach mal langsam. Es ist ein so verflucht heißer Tag und morgen beginnt mein Urlaub, wenn er nun anfängt. Fahr da so viel Erde hin wie du willst.

– Ich hab keinen Urlaub. Es steht nicht in meiner Gewalt auch nur ein Stäubchen Erde da hinzufahren, Pflanzen und Stecklinge ja, aber Erde nicht. Ich darf keinen Lastwagen bestellen und bekomme auch keine Erde auf das Auto. Erde darf ich nicht anfassen.

– Wer verdammt ist denn dann für Erde verantwortlich?

– Das Straßenbauamt. Zum Straßenbauamt gehört alles lose Erdgut und der Transport. Das ist eine neue Organisation die ihr mit dem Gesellschaftswissenschaftler erfunden und geplant habt, wer Humuserde fahren soll. Du gibst damit an wie alles besser wird, was das für ein Riesenschritt ist, ein großer Sprung zur Demokratie. Mir haben sie die Erde weggenommen. Was soll ich denn nun machen. Bäume, Sträucher, Blumen ohne Erde setzen? Schön soll es sein, aber Erde kriege ich nicht! Hättet ihr doch den Pferdeausschuss damit betraut. Der hat seit vierzig Jahren nichts mehr zu tun.

– Red kein dummes Zeug. Wir brauchen eine Organisation für Krisenzeiten. Dazu brauchen wir nicht mehr viel.

– Krisenzeit oder nicht aber Pferde gibts nicht mehr. Kriege ich nun meine Erde?

– Ich müsste also Erde für dich beschaffen? Soll ich etwa zur Straßenbauabteilung rennen und den Transport regeln? Hab ich etwa nicht genug zu tun? Soll ich vielleicht zu Erde werden?

– Brauchst du nicht. Die Straßenbausippe macht Urlaub und du würdest nicht mal für einen Steckling reichen.

– Scheiße. Hier geht es um das Budget vom nächsten Jahr und du kommst wegen Erde jammern. Es müssen Antworten und Richtigstellungen für die verdammten Zeitungen verfasst werden. Die haben eine richtige Jagd eröffnet, beschuldigen wegen Nepotismus und so. Und du redest nur von Erde. Nimm die doch irgendwoher.

– Was is'n das, Nepotismus?

– Bevorteilung von Verwandten. Ich sage doch schon, nimm Erde und bring sie dahin wo du sie brauchst.

– Du brauchst doch keine Berichtigungen zu schreiben. Das stimmt doch. Du schreibst nur dass es so ist.

– Was?

– Wenn die schreiben, in der Gemeinde werden Verwandte bevorteilt, dann ist das doch wahr. Du antwortest und sagst, dass das stimmt. Die Zeitungen haben Recht und du hast Recht und niemand liegt falsch.

– Nimm, verdammt noch mal, deine Erde wo immer du willst.

– Die kriege ich aber nirgends. Wenn ich diese deine Zeitungen hätte …

– Ja?

– Ich würde aus diesen Zeitungen einen produktiven Lorchelanbau in dieser Gemeinde anfangen. Wieviel Tageszeitungen sind da? Ein Dutzend. Das sind im Jahr viertausenddreihundertachtundsiebzig Zeitungen.

– Falsch. Viertausenddreihundertachtunsechzig. Mit dem Rechner gezählt.

– Ist doch egal. Ein Quadratmeter mit Zeitung ausgelegt, für eine Grube drei Zeitungen, ergibt zirka tausendvierhundertsechzig Quatratmeter Frühjahrslorcheln im Jahr. Mit diesen Zeitungen hier. Aus einer Grube kommen vorsichtig gerechnet nach drei Jahren ein Kilo Pilze also tausendvierhundertsechzig Kilo Frühjahrslorcheln mit diesen Zeitungen die du da jeden Tag liest. Das heißt die Gemeinde erzielt mit diesen Zeitungen vierzehntausendsechshundert Mark im Jahr, wenn wird zehn Mark pro Kilo ansetzen, das ist der niedrigste Preis, die können auch viel teurer sein.

– Ist das jetzt dein Ernst?

– Ich lege dir die Berechnung vor, wie zwölf Tageszeitungen bei günstigen Witterungsbedingungen vierzehntausendsechshundert Mark im Jahr einbringen, obwohl der reale Kilopreis für Lorcheln tasächlich bei fünfundzwanzig Mark liegt. Nach optimistischster Kalkulation erzielen die Zeitungen sechsunddreißigtausend Mark im Jahr.

– Sechsunddreißigtausend? Willst du vorschlagen, dass wir einen Pilzanbau um die Schwimmhalle anlegen? Keine Schafe und Ziegen und Zickel?

– Warum nicht. Die könnte man zum Rasenmähen verwenden. Ebenso gute Arbeit verrichten die wie die Kinder der Abgeordneten und Senatsmitglieder, die auf wundersame Weise im Sommer zur Arbeit unter meiner Leitung kommen. Besseren Erfolg erzielen die und düngen gleichzeit den Rasen. Der wird haltbarer, jetzt ja nicht. Die Wiesen gehen leicht kaputt, schnell wachsendes aber schwaches Gras wächst da und unterdrückt starkes und langsam wachsendes. Schafe weiden das schnelle Gras ab. Gib mir jetzt Erde, damit ich mit der Arbeit anfangen kann.

– Meinst du das wirklich im Ernst?

– Natürlich. Möchtest du, dass der Minister in seinen Nappaschuhen durch Pfützen laufen muss. Dort ist das einzige fertige Stück das Areal der Vorkosilovs wo die Apfelbäume stehen. Dort ist fester Rasen. Da muss man nichts anderes machen als die Apfelbäume verschneiden und den Rasen mähen. Alles andere ist Schlamm.

– Denkst du, zum Teufel nochmal, wirklich an eine Pilzkultur mit den von der Gemeinde abonnierten Zeitungen?

– Nein, das kam mir jetzt nur zufällig in den Sinn. Denk mal was für eine optimale Ausbeute. Die Zeitungen kosten im Jahr dreihundert Mark das Stück das macht dreitausendsechshundert. Optimaler Gewinn im Jahr wären zweiunddreißigneunhundert. Und das ist nur die Berechnung für ein Jahr. Dieselbe Investition reicht wenigstens für drei Jahre.

– Ich organisiere die Humuserde für dich, sagt der Gemeindevorsitzende. Er sieht den Gärtner an und ihm kommt es vor als schwebe Nebel vor seinen Augen. Er sieht den Gärtner verschwommen und diesig.

– Das reicht nicht.

– Was noch? Sag nur alles, das wird dir besorgt, oh du großer Gärtner.

– Jukka Parkkonen, jüngerer Sohn des Postautofahrers Parkkonen. Frotzle nicht. Ich spreche ganz im Ernst. In irgendeinem Jahr, vielleicht schon nächstes Jahr und du schreist und lärmst von jedem Rednerpodest: wir brauchen Frühjahrslorcheln, wir brauchen Schafe die unsere Wiesen weiden. So redest du mit ernster Miene und erinnerst dich nicht an den Gärtner, der dir in ruhigen Zeiten gesagt hat, dass Schafe bessere Gärtner sind als die Kinder von Abgeordneten und Cousins, du weißt nicht mehr dass ich vor deiner Nase berechnet habe wie man Pilze mit diesen Zeitungen ernten kann die dein Gehirn versteinern. Du weißt das nicht mehr und lässt dich von mir nicht daran erinnern. Du sagst nur, was spinnst du da Gärtner, so ist es natürlich, so muss es sein.

– Bau hier nicht auf die Zukunft. Was brauchst du?

– Der Rasen wächst nicht mehr, auch wenn ich heute die Erde kriege. Für den Besuch, für die Einweihung brauchen wir Kunstrasen. Ich kann die Rasenplatten von woanders verlegen, wenn ich die Erlaubnis kriege. Hör mal, da wird auch Erde mit bewegt und dafür brauche ich eine Sondergenehmigung. Außerdem brauche ich schon blühende Blumengrünflächen.

– Also die verdecken die Dreckpfützen?

– Die sollen meinetwegen in Scheiße trampeln. Unsre Kommune fängt nicht an Kulissen zu bauen, verdammt. Jalmari Parkkonen würde sich im Grabe umdrehen, wenn wir da so einen Kunstrasen verlegen wegen eines Ministers. So ein Minister kommt gar nicht.

– Jalmari Parkkonen, genosse Gemeindevorsteher, ist schon längst nicht mehr im Grab, wenn er sich über so eine Geringfügigkeit aufregte. Der ist da schon lange aufgestiegen. Aber schön, beschuldige mich dann nicht, sag nicht, unser Gärtner hat nicht geschafft einen Plan zu machen, hat noch keine Maßnahmen ergriffen. Da mache ich nicht mit. Ich werde dem Minister sagen, dass ich keine Erde kriege, weil die Demokratie das nicht erlaubt. Ich nehme die Schuld nicht auf mich.

– Na gut. Du kriegst was du haben willst, nun lass mich in Ruhe. Mein Urlaub beginnt morgen, hoffentlich. Du machst das so gut du kannst. Ich genehmige dir alles was du brauchst. Machs gut!

– Mich haust du nicht übers Ohr. Ich gucke morgen, wie das läuft. [- -]

Teoksen käännös saksaksi on siis olemassa. Ongelmana kuitenkin on löytää sille kustantaja. Käännöksen olemassaolo on tiedossa sekä Gummeruksella että Finnish Literature Exchange -instituutiolla. FILIstä vastattiin seuraavaa:

> FILI does not sell or do marketing single (back list) titles, this work is being done by Finnish foreign rights people and agents. Have you been in touch with Siekkinen's Finnish publisher Gummerus? However, we have almost finished an up-dated list of German publishers that could be useful to you. I'll send it to you as soon as it's ready. One challenge is that your translated title is from the 90's. But I might be wrong!

Tarkoittaako tämä, että teos olisi vanhentunut? Ei kai suinkaan!

Dr. phil. Rolf Michael Klemmt (s. 1938 Leipzigissa) on asunut 1960-luvulta alkaen Jyväskylässä ja työskennellyt Jyväskylän yliopiston saksan kielen laitoksessa lehtorina, dosenttina ja professorina. Vuosina 1969-1974 hän toimi Münchenin Goethe-Institutin Jyväskylän osaston johtajana. Rolf Klemmt ja Ilkka Rekiaro ovat laatineet Gummerukselle Suomi-saksa-suomi-sanakirjan, ja lisäksi Klemmt on toimittanut lukuisia eri kielisiä sanakirjoja ja muita julkaisuja. Nykyään Klemmt tekee emerituksena huvin ja hyödyn vuoksi kääntäjän töitä.

Keijo Siekkinen

A Short Introduction

Keijo Siekkinen, born on 16 August 1948, is a writer from Central Finland. He is a novelist with a social-critical edge, and also an author of dramatic texts and essays. He has been an influential figure in social and cultural life. As a novelist he has been an innovator, starting with social realism, but then distancing himself from it. Formal experiments have also played a part in his novels, with an occasional touch of postmodernism. Throughout his oeuvre, he has been searching for new ways of expression, marking out his originality as a writer. He is intent on taking up social issues; he might find demands for an abrupt social change and a just world utopian, but he is satirical of those who are opposed to change. Official truths about history and contemporary society are held up for ridicule in his books. In his ways of storytelling there are affinities with Hannu Salama.

Power and those exercising it hold an interest for Siekkinen. In his works, media, entertainment, methods of management, political decision making, education and bureaucracy are closing in on individuals, reducing them to objects.

The relationship between art and reality is a recurring topic in Siekkinen's fiction. The density of everyday life and different locations in Central Finland make an entrance into his writing. They do so by way of the characters' speech and idiom, and also through geographical locations and their names.

In Siekkinen's books, the Finns do not keep quiet; rather, they are chatting and spinning stories. Talking has the force to hide and transform things, showing how the world is guided by words and mindsets. What transpires from these texts is the question of who or what it is that speaks when people talk, and whose voice can be heard in the society.

Siekkinen's description of society and characters is parodic in tone; the mode of presentation takes on elements of the picaresque and the postmodernist novel. Descriptions of Jyväskylä and Vaajakoski, marked by fantasy, humour and exuberance, turn these localities into a multidimensional verbal space.

In his first novel, *Naisen mies* (A Man for a Woman), working and family life is described with a good portion of humour. Steel fixer Eino Helminen in the novel of the same name is asking about the realities of the working class ideology. *Raskaat miehet* (Heavy Men) tells about foundry workers. *Reinon veljenpoika* (Reino's Nephew) tells ironically about the twists and turns of workers' literature, and in *Kuusitoistamiehinen pyramidi* (The Sixteen-men Pyramid) the real developments in Vaajakoski run foul of the expectations of people living there. *Äidin hauta* (Mother's Grave) shows how craving for the past must finally lead to giving it up. Entangled relationships are the topic in *Kuinka tiikerivuori valloitetaan* (Conquering the Tiger Mountain) and *Kettuluolat* (The Fox Caves). Likewise, *Papin poika ja pappi* (The Priest's Son and the Priest) is a boisterous performance, this time aroud a merciless parson. The novel *Jäähyväiset rakkaudelle* (Farewell to Love) is quite checkered in its materials. The narrator stays in the background while chatter and free association take things forward. Tragedy, ballad and conversations with writers are weaved together. The names and features of many characters derive from Joel Lehtonen's oeuvre, and Juhani Aho, Ilmari Kianto, Boris Pasternak, Mikhail Bulgakov ja Ernest Hemingway are close by. The unemployed and the people of Central Finland - not as untalkative as sometimes claimed - are also given a chance to speak.

Keijo Siekkinen is a contemporary writer with a nation-wide

resonance and importance. He is highly valued for his innovative use of the novel form, and as a socially engaged writer.

Katriina Kajannes
Docent in literature

Translated by Erkki Vainikkala

Keijo Siekkinen's published works

Naisen mies. Jyväskylä: Gummerus, 1973.

Betoniraudoittaja Eino Helminen. Jyväskylä: Gummerus, 1974.

Raskaat miehet. Jyväskylä: Gummerus, 1976.

Reinon veljenpoika. Jyväskylä: Gummerus, 1978.

Kuusitoistamiehinen pyramidi. Jyväskylä: Gummerus, 1981.

Äidin hauta. Jyväskylä, Helsinki: Gummerus, 1985.

Kuinka Tiikerivuori valloitetaan. Jyväskylä, Helsinki: Gummerus, 1988.

Kettuluolat. Jyväskylä, Helsinki: Gummerus, 1993.

Papin poika ja pappi. Jyväskylä, Helsinki: Gummerus, 1997.

Jäähyväiset rakkaudelle. Nuoren Johanneksen tilinpäätös. Helsinki: Gummerus, 2008.

Plays

Matka Sinne. Jyväskylän Kesän palkintonäytelmä, 1971.

Raudanvalajat. Jyväskylän Kaupunginteatteri, 1975.

Vapaudenkatu 36. Jyväskylän Kaupunginteatteri, 1987. (Tekijät Keijo Siekkinen, Risto Nykänen).

Torikuningas. Jyväskylän Kaupunginteatteri, 1993.

www.ingramcontent.com/pod-product-compliance
Ingram Content Group UK Ltd.
Pitfield, Milton Keynes, MK11 3LW, UK
UKHW040601210726
13854UKWH00008B/1663

9 789525 353549